Diogenes Taschenbuch 22403

D1870431

Georges Simenon

# *Der Glaskäfig*

*Roman*

*Deutsch von Stefanie Weiss*

Diogenes

Titel der Originalausgabe:
›La cage de verre‹
Copyright © 1971 by Georges Simenon
Eine erste deutsche Übersetzung erschien 1973
unter demselben Titel.
Umschlagfoto: Michelangelo Durazzo,
›Vitre du café Le Dôme, Paris‹ (Ausschnitt)
© Michelangelo Durazzo / ANA Paris

*Neuübersetzung*

Alle deutschen Rechte vorbehalten
Copyright © 1991
Diogenes Verlag AG Zürich
100/91/29/1
ISBN 3 257 22403 6

# 1

Das abgehackte Geklapper der Schreibmaschine weckte ihn auf, und er erblickte wie gewöhnlich das fahle aufgeschlagene Bett seiner Frau auf der anderen Seite des Nachttischs.

Wer hatte das mit den Einzelbetten beschlossen? Heute, nach achtzehn Jahren, hätte er es nicht mehr mit Sicherheit sagen können. Die Ereignisse von damals waren im übrigen verschwommen, und er wollte sie aus Gründen, die er nicht zu analysieren versuchte, lieber aus seiner Erinnerung verbannen. Wahrscheinlich war sie es gewesen. Und er hatte nicht protestiert. Er protestierte nie. Und so war es schließlich nicht ein einziges Mal vorgekommen, daß sie eine Nacht im gleichen Bett verbracht hatten.

Er wäre auch ohne die Schreibmaschine aufgewacht, weil das seine Zeit war, sieben Uhr früh. Man hätte meinen können, daß die Geräusche von der Straße her jeden Tag von neuem um diese Zeit einsetzten. Das stimmte natürlich nicht. Das Leben draußen war früher angelaufen, unmerklich, aber um diese Zeit brach es eben abrupt in seinen Schlaf ein.

Er blieb eine Zeitlang benommen liegen, stand dann wie im Schlaf auf und ging mit verschwommenem Blick zum Badezimmer hinüber. Er stellte sich unter die Dusche, weil es ihm zuwider war, sich in der Wanne im warmen Wasser auszustrecken, wo er sich wie ein Gefangener vorkam.

Es war die Zeit der frühmorgendlichen Gedankenfetzen, die sich nicht unbedingt logisch aneinanderreihten. Er war unzufrieden mit sich, als er sich beim Rasieren aus der Nähe ansah. Er hatte kein gut geschnittenes Gesicht. Die Gesichtszüge waren weich, der Nasenrücken hob sich nicht klar ab. Die großen Augen mit den hervorquellenden Augäpfeln waren dunkel und ausdruckslos. Fast immer schauten ihm die Leute auf die Augen, und er hatte den Verdacht, daß sie dabei eine Art Unbehagen empfanden.

Bei der Wahl seiner Kleidung achtete er weder auf eine persönliche Note noch auf Eleganz. Er war stets dunkel gekleidet, wie um dadurch so wenig wie möglich aufzufallen. Und dennoch gab es auf der Straße Leute, die sich nach ihm umdrehten. Er wußte nicht, warum. Er stellte sich diese Frage seit seiner Kindheit. Er hatte das Gefühl, nicht so zu sein wie die anderen, und es kam vor, daß er sich an den Hauswänden entlangdrückte.

Jetzt machte er endlich die Tür zum Wohnzimmer auf. Seine Frau saß an der Schreibmaschine, und er gab ihr mit spitzen Lippen einen Kuß auf die Stirn.

»Bonjour, Jeanne.«

»Bonjour, Émile.«

Früher mal mußten sie sich ja wohl auf den Mund geküßt haben, aber das hatte nicht lang angehalten und in ihren Beziehungen jedenfalls keinerlei Spur hinterlassen.

Seine Frau war nicht im Négligé, obwohl es noch so

früh war. Er hatte sie so gut wie nie im Négligé gesehen, oder etwa mit Lockenwicklern im Haar. Sie war immer vor ihm aufgestanden. Sie stand geräuschlos auf, schloß sich im Badezimmer ein und ging danach zum Kaffeekochen in die Küche. Sie aß zwei oder drei Croissants, die zusammen mit einer frischen Stange Brot täglich vor der Wohnungstür bereitlagen.

All dies lief mit der Genauigkeit eines Uhrwerks ab, und er war so gewöhnt daran, daß ihrer beiden Verhalten ihm ganz normal erschien.

Sie war es, die ihm frühmorgens manchmal einen kurzen Blick zuwarf, wie um sich von seiner jeweiligen Verfassung zu überzeugen.

»Ich schreib nur eben den Satz fertig, dann koch ich dir deine Eier...«

Weiche Eier, wie in seiner Kindheit... Er war in Étampes geboren, wo sein Vater eine Bäckerei und Konditorei hatte. Seine Mutter hatte morgens vom Laden aus das angrenzende Zimmer und den Hof überquert, hinter dem die Küche lag. Auch seiner Mutter hatte er einen Kuß auf die Stirn gedrückt. Sein Vater, der die ganze Nacht am Backofen gestanden hatte, lag dann schon oben im Bett und schlief. Émiles Frühstück hatte auf dem mit Wachstuch gedeckten Tisch bereitgestanden. Damals hatte er noch Milch in den Kaffee getan. Seine Mutter hatte graues Haar gehabt; sie war sehr früh grau geworden, wodurch ihr frischer Teint besonders hervorgehoben wurde. Später allerdings waren ihre Wangen von violetten Äderchen durchzogen.

Sie lebte noch. Sie waren alle beide noch am Leben und führten immer noch ihr Geschäft.

Jetzt, wo er dreiundvierzig war, fand er es etwas genierlich, zum Frühstück zwei weiche Eier zu essen. Es kam ihm kindlich vor. Seine Frau behielt den auf dem Kamin abgestellten Wecker im Auge, und er trank langsam die ersten Schlückchen Kaffee.

Sie sprachen nicht miteinander. Sie hatten sich nichts zu sagen. Jeanne trug einen schwarzen Rock, dazu eine eng anliegende weiße Bluse mit einer am Kragen befestigten Kamee, die sie von ihrer Mutter geerbt hatte.

Das Mobiliar stammte von ihr, außer den beiden Einzelbetten, die sie zusammen gekauft hatten. Sie war vorher sechs Monate lang verheiratet gewesen und hatte die Wohnung gemeinsam mit ihrem ersten Mann eingerichtet. Er war innerhalb weniger Tage von einer Lungenentzündung dahingerafft worden. Er hatte als Buchhalter in einem Textilgroßhandel in der Rue du Sentier gearbeitet.

Im Wohnzimmer hing ein Porträtfoto von ihm. Er hatte einen blonden Schnurrbart, und die Haare bildeten ein kleines Büschel über dem Kopf. Sie hatte ihm angeboten, das Foto abzuhängen, aber er hatte nein gesagt. Es störte ihn nicht. Es kam sogar vor, daß er es voller Sympathie betrachtete.

Er strich sich Butter aufs Brot, tunkte es in das Eigelb und verzehrte es langsam. So hatte er es auch schon in seiner Kindheit gemacht. Damals war seine Mutter fast immer von der Ladenklingel nach unten gerufen worden, und er hatte allein weitergegessen.

Im *lycée* spielte er nicht mit den anderen im Hof. Und er redete auch nicht mit seinen Mitschülern. Die Lehrer nahmen ihn selten dran, weil er unweigerlich die richtigen Antworten gab. Er wußte alles. Was hätte er auch anderes tun sollen, als zu lernen, wenn er nach Hause kam? Er ließ sich an einer Ecke des Küchentischs nieder. Hier war zwar der Mittelpunkt des Hauses, aber die Eltern tauchten dennoch nur kurz und sporadisch hier auf.

»Geh doch ein wenig spazieren, Émile. Du gehst ja nie an die Luft. Wie blaß du bist...«

Er war eben so veranlagt, auch jetzt noch. Er hatte keine Lust, in den Straßen herumzulaufen, sich die Auslagen in den Schaufenstern anzusehen. Und er hatte ebensowenig Lust gehabt, spielen zu gehen. – Die beiden oberen Schlafzimmer, das seiner Eltern und sein eigenes, lagen über dem Laden. Sie waren niedrig, recht geräumig und stets dunkel, weil die Fenster nicht groß genug waren. Diese Zimmer waren nicht zu heizen; so fand er nur im Sommer in seinem Zimmer Zuflucht, wo er sich mit einem Buch platt auf den Boden legte.

War daran etwas absonderlich? Wenn nein, warum sahen die anderen ihn dann immer irgendwie erstaunt an? Sogar seine Eltern, die offenbar um ihn besorgt waren. War es etwa seine Schuld, wenn er nicht wußte, worüber er mit ihnen reden sollte? Hier ging jeder seiner Arbeit nach. Sein Vater ging abends zu Victor, dem Lehrling, in die Backstube hinunter, und um die gleiche Zeit legte sich seine Mutter oben schlafen, nachdem sie im Geschäft die Läden zugemacht hatte. Morgens machte sie ihrem Mann das Frühstück fertig, und gleich danach ging er seinerseits nach oben und legte sich hin.

Es lief sehr gut so. Émile hatte sich nicht beklagt. Und auch jetzt beklagte er sich nicht.

»Hast du was dagegen, wenn ich weiterarbeite? Sie schicken um elf jemand vorbei zum Abholen, und ich muß noch zwei Seiten übersetzen ...«

Sie war nicht schön, ebensowenig wie Émile. Man hätte sie sogar häßlich nennen können. Sie hatte sehr dunkles Haar, einen gedrungenen massigen Leib, und sie hielt sich recht steif. Das Gesicht konnte man nur als mißglückt bezeichnen.

Er hatte das schon immer gewußt. Er hatte sich nie Illusionen gemacht. Vielleicht hatte er sich gerade wegen ihres wenig anziehenden Äußeren für sie interessiert.

Sie war drei Jahre älter als er, sogar etwas mehr. Er mußte nachrechnen, wenn er an den Anfang zurückdachte, so weit weg erschien ihm das, im Nebel versunken. Er war fünfundzwanzig gewesen, beziehungsweise zwei oder drei Monate darüber, als er sie kennengelernt hatte, und sie war damals neunundzwanzig gewesen.

Wie hatte sich das ergeben zwischen ihnen? Es hatte Monate gedauert, bis es soweit war. Sie hatten beide in einer Druckerei gearbeitet, den Imprimeries Jodet et Fils, in der Rue du Saint-Gothard, der Bahnlinie gegenüber. Émile Virieu war Korrektor und saß in seinem Glaskäfig im Erdgeschoß, wo auch die Druckmaschinen standen.

Jeanne hingegen saß im ersten Stock, zu dem eine Wendeltreppe hinaufführte, im Büro von Monsieur Jodet an der Schreibmaschine.

Virieu mußte immer wieder zum Chef hinauf. Er hatte wochenlang von der jungen Frau kaum Notiz genommen, und dann hatte er sich so ganz allmählich an ihre Anwesenheit gewöhnt.

Er mußte ja ohnehin einmal eine Entscheidung treffen, früher oder später. Er konnte nicht sein ganzes Leben lang allein bleiben. Er hatte ein Zimmer im ›Hôtel des Carmes‹ in der Nähe der Place de la République, weil er früher auf dem Boulevard Saint-Martin gearbeitet hatte. Die Mahlzeiten nahm er damals in einem kleinen und altmodischen Lokal in der Rue du Faubourg-Saint-Jacques ein, wo seine Serviette in einem für ihn bestimmten Fach lag.

Er ging einmal in der Woche ins Kino. An den übrigen Abenden las er. Er hatte seit seiner Kindheit so viel gelesen, daß sein Kopf mit Wissen vollgestopft war wie ein Lexikon.

Eines Abends, als sie zur gleichen Zeit wie er den Betrieb verließ, hatte er sich ein Herz gefaßt und sie angesprochen. »Würden Sie mit mir ins Kino gehen?«

Sie hatte ihn überrascht angesehen, als ob es das letzte sei, was sie erwartet hätte.

»Ich ... ich ...«, hatte sie gestottert.

Was wollte sie ihm sagen – daß sie heute abend verabredet war? Er war darauf gefaßt. Er hatte sich schon damit abgefunden.

»Ich möchte schon ...«

Das war für ihn so überraschend gekommen, daß es ihm nicht gleich in den Sinn gekommen war, sich bei ihr zu bedanken. Sie hatten beide in seinem kleinen Restaurant zu Abend gegessen, aber er hatte Gerichte mit Extrabeilagen bestellt.

Sie hatte ihn aus den Augenwinkeln gemustert. »Leben Sie bei Ihren Eltern?« hatte sie endlich gefragt, um ein Gespräch in Gang zu bringen.

»Nein. Meine Eltern wohnen in Étampes; sie haben da eine Bäckerei.«

»Und Sie haben keine Geschwister hier in Paris?«

»Ich habe nur eine Schwester, Géraldine. Sie ist ein Jahr jünger als ich und verheiratet. Sie hat zwei Kinder und wohnt am Boulevard Diderot.«

»Dann treffen Sie sie oft?«

»Nein.«

»Verstehen Sie sich nicht mit ihr?«

»Doch. Aber die gehen abends oft aus. Sie haben eine Menge Freunde. Und am Wochenende fahren sie mit dem Wagen aufs Land.«

Es hatte ihn viel Mühe gekostet, all dies zu beantworten, und Jeanne fiel nichts mehr zu fragen ein, so daß das Essen schweigend zu Ende ging.

Und doch wurde dieses Restaurant weiterhin zu ihrem Treffpunkt.

Ihr erstes gemeinsames Abendessen war an einem Donnerstag gewesen. Es ergab sich wie zufällig, daß die folgenden Verabredungen ebenfalls auf einen Donnerstag fielen, der schließlich zu ihrem festen Tag wurde.

In der Druckerei sah man sie zusammen weggehen und machte sicherlich Witze darüber. Jeanne wohnte damals schon in ihrer heutigen Wohnung. Sie war verwitwet. Ob sie sich deswegen immer schwarz kleidete?

Sie tat es auch heute noch, wo sie beide schon über

vierzig waren. Sie legte keinen Wert auf schickes Aussehen, benutzte kein Make-up und legte nur ein wenig Puder auf.

»Bis später . . .«

Sie wohnten im zweiten Stock, und er stieg langsam die Treppe hinunter. Auch unten ging er langsam und behutsam weiter. Alle seine Gebärden hatten etwas Zögerndes.

Er sah den Entgegenkommenden nicht ins Gesicht; er wandte wie aus Bescheidenheit den Blick.

In der Rue du Faubourg-Saint-Jacques herrschte viel Betrieb; vormittäglich-nachlässig gekleidete Hausfrauen drängelten sich in den Läden. Er schlängelte sich geduldig durch die Menge und gelangte in die Rue du Saint-Gothard, in der es ruhiger und fast provinziell zuging.

Im Betrieb standen die Arbeiter schon an ihren Maschinen, und er grüßte auf dem Weg zu seinem Glaskäfig mit einer unbestimmten Handbewegung zu ihnen hinüber.

Sein Käfig war in der linken Ecke an der Wand; zum Druckmaschinenraum hin stand ein langer Tisch, und es gab außerdem einen Aktenschrank und einen kleineren Tisch.

Es war Mai. Er trug keinen Mantel, nur seinen schwarzen Hut. Er hatte immer schwarze Kopfbedekkungen gehabt, ohne daß es einen bestimmten Grund dafür gab.

Er setzte sich und warf einen Blick auf die Stapel der Korrekturfahnen, die man ihm hingelegt hatte.

Der Betrieb war keine besonders bedeutende Drukkerei; die Druckmaschinen mochten gut und gern zwanzig Jahre alt sein. Es gab um die zwanzig Drukker und Setzer, die fast alle nicht mehr ganz jung waren.

Émile Virieu vermerkte mit Kugelschreiber die verschiedenen Korrekturzeichen am Rand. Er war in Grammatik und Orthographie so sattelfest, daß er nur selten zu den vor ihm aufgereihten Wörterbüchern und Nachschlagewerken greifen mußte.

Die Zeit ging dahin, und er empfand die Arbeit nicht als belastend. Ab und zu hob er den Kopf und schaute durch die Trennscheibe in den Druckmaschinenraum. Hier in seinem Käfig fühlte er sich sicher. Niemand achtete auf ihn. Hier wurde er nicht angesehen wie einer, der anders ist als die anderen.

Aber war er das? Er fragte sich das seit seiner Schulzeit. Er hatte eben einfach nicht das Bedürfnis, mit den anderen zu reden.

Und doch hatte er seinerzeit den Mund aufgemacht und Jeanne an einem Donnerstag abend, als sie ihr kleines Restaurant verließen und er sie nach Hause brachte, die entscheidende Frage gestellt.

»Haben Sie nie daran gedacht, wieder zu heiraten?«

»Bis jetzt hab ich nicht darüber nachgedacht.«

Émile, der sonst immer blaß war, war rot geworden.

»Sie haben aber keinen besonderen Grund, der Sie davon abhält?«

»Nein. Natürlich habe ich so meine Gewohnheiten. Ich bin auch nicht mehr so ganz jung.«

»Ich auch nicht. Und was die Gewohnheiten betrifft: Hätten Sie zum Beispiel gedacht, daß ich jeden

Tag morgens zwei weiche Eier esse wie als kleiner Junge?«

»Das muß sehr gesund sein. Wer kocht sie Ihnen?«

»Ich koche sie selber.«

»In Ihrem Hotelzimmer?«

»Ja. Das Kochen im Zimmer ist zwar verboten, aber so was kann man nicht als Kochen bezeichnen.«

»Nein, natürlich nicht. Dann haben Sie sicher einen Spirituskocher?«

»Ja.«

»Ich glaube, ich könnte mich sehr gut an ein Leben zu zweit gewöhnen. – Möchten Sie Kinder haben?«

»Nicht unbedingt.«

»Es könnte sein, daß ich keine kriegen kann.«

»Das stört mich nicht.«

»Wir lassen's uns durch den Kopf gehen und sprechen noch mal darüber, ja?«

Er hatte gespannt auf ihr nächstes Donnerstagabend-Essen gewartet. Verliebt war er nicht. Er behielt die Ruhe, ebenso wie den leicht starren Blick. Ob auch sie ihn prüfend beobachtete, wie um zu versuchen, ihn zu verstehen?

Er erinnerte sich nicht, was sie an jenem denkwürdigen Donnerstag gegessen hatten. Er tippte auf *andouillettes* mit Spinat.

Damals war nicht er auf die Angelegenheit von der vorigen Woche zurückgekommen. Sie hatte vielmehr davon angefangen.

»Wissen Sie, daß ich bei der Druckerei aufhöre?«

Er war regelrecht aus dem Konzept gebracht.

»Warum?«

»Weil das dort eine Arbeit ist, die mich nicht interessiert. Ich war noch sehr jung, als mein Vater starb. Meine Mutter war Russin und als Tänzerin ausgebildet. Sie hat sich entschlossen, einem Impresario, der ihr einen Durchbruch versprochen hatte, in die Vereinigten Staaten zu folgen. Und da meine Anwesenheit ihr dabei lästig war, hat sie mich nach England gebracht, wo eine Schwester von ihr lebt.«

»Verheiratet?«

»Nein. Sie hat für den Funk gearbeitet... Ich habe also bis zum Alter von neunzehn in London gelebt. Ich war dort in einem Internat untergebracht, und ich hab viel gelernt. Als meine Tante sich dann zu einer späten Heirat entschlossen hat, bin ich nach Paris zurück...«

Er hörte ihr zu, ohne ihr richtig zu folgen. Das Leben der anderen interessierte ihn nicht; auch nicht, was sie erzählten. Er mußte sich einen Ruck geben, ihren Ausführungen zu folgen.

Wollte sie darauf hinaus, ihm zu erklären, warum sie ihn nicht heiraten konnte? Wenn ja, dann sollte sie es doch gleich sagen. Er sah sie an. Er sah, wie sich ihre Lippen bewegten. Sie war wirklich nicht schön, aber das machte nichts.

»Ich hatte eine erste Stelle in einem Büro in der Nähe der Champs-Elysées, dann bin ich in die Druckerei übergewechselt. Jetzt will ich mich selbständig machen. Mit meinen Englischkenntnissen kann ich auch Romane übersetzen; das würde mir die Möglichkeit geben, daheim zu bleiben. Ich hab mich bei einem Verleger vorgestellt, der Kriminalromane herausbringt. Ich hab eine Probeübersetzung gemacht, und er war zufrieden damit. Er hat mir so viel Arbeit versprochen, wie ich bewältigen kann.«

»Freuen Sie sich darüber?«

»Ja.«

»Dann wollen Sie mich nicht heiraten?« Er hatte sich bereits damit abgefunden.

»Wieso? Warum sagen Sie das?«

»Ich weiß nicht. Ich hatte den Eindruck ...«

»Ich mußte Sie ja informieren ... Also, wenn Sie sich's nicht anders überlegt haben ...«

»Ich hab's mir nicht anders überlegt.«

»In dem Fall wüßte ich nicht, was uns an einer Heirat hindern sollte. Sie sind sich darüber im klaren, daß ich älter bin als Sie?«

»Etwas über drei Jahre, ja. Dadurch ändert sich nichts.«

»Ich bin keine besonders attraktive Frau ...«

»Und ich bin kein jugendlicher Liebhaber.«

»Hatten Sie schon viele Bekanntschaften?«

»Nein.«

»Haben Sie mal mit einer Frau zusammengelebt?«

»Nein.«

»Haben Sie Freunde?«

»Nein. Ich hatte nie das Bedürfnis, welche zu haben.«

»Warum?«

»Ich weiß nicht. Ich fühl mich nicht wohl in meiner Haut, wenn ich unter Leuten bin.«

»Sie sind ein wenig ungesellig, nicht wahr?«

»Vielleicht.«

»Gehen Sie abends aus?«

»Ich geh meist einmal die Woche ins Kino.«

»Und an den anderen Abenden?«

»Da lese ich...«

»Ich auch...«

Damit hatte sich sein Werben um sie erschöpft. Sie hatte die Imprimerie Jodet & Fils zum Monatsende verlassen, und an ihrer Stelle war eine kleine Blonde gekommen, die viel jünger und lebhafter war. – Ihre Donnerstagabende hatten sie wie gewohnt beibehalten.

Sie hatten sich nicht feierlich kirchlich trauen lassen. Sie waren beide keine gläubigen Christen. Sie hatten auf dem Standesamt geheiratet, und sie hatten fremde Leute als Trauzeugen gehabt.

Darauf hatte Émile Virieu zum ersten Mal die Wohnung im Faubourg-Saint-Jacques betreten. Im Schlafzimmer standen die neuen Einzelbetten; das übrige Mobiliar stammte aus Jeannes erster Ehe.

Sie hatten sich beide ungeschickt angestellt. Sie scheuten sich, die Kleider abzulegen und miteinander ins Bett zu gehen.

Émile hatte nur selten mit einer Frau geschlafen, und außerdem immer nur mit Nutten. Und das war ihm in unangenehmer Erinnerung geblieben.

Jeanne und er waren nacheinander ins Bad gegangen und hatten sich für die Nacht fertiggemacht.

»Welches Bett möchten Sie?«

Sie waren erst viel später dazu übergegangen, sich zu duzen.

»Das ist mir egal.«

»Gut, dann nehme ich das da.«

Es war das dem Badezimmer zunächst stehende Bett.

»Ich stehe morgens sehr früh auf...«

»Also ich, ich stehe für gewöhnlich um sieben auf.«

»Und wann legen Sie sich schlafen?«

»So zwischen zehn und elf...«

»Ich auch.«

Sie hatten sich beide hingelegt, jeder auf seiner Seite. Sie hatte die Nachttischlampe ausgeknipst. Er war lange unbeweglich liegengeblieben und hatte in die Dunkelheit gestarrt; dann hatte er sich doch aufgerafft, war aufgestanden und hatte sich neben sie gelegt.

Sie war zusammengezuckt, hatte ihn aber nicht abgewehrt. Und diesmal hatte er sie auf den Mund geküßt. Dabei hatte er es belassen, und sie auch.

»Auf die Art machen Sie mir also meine Sekretärinnen abspenstig, Monsieur Virieu«, hatte Monsieur Jodet ihn am nächsten Tag aufgezogen.

Jodet war ein kleines, sehr dürres Männchen, das wie ausgepreßt wirkte. Er verfügte dennoch über eine erstaunliche Energie. Er hatte als Schriftsetzer angefangen. Es kam immer noch vor, daß er sich an die Druckmaschinen stellte und seinen Arbeitern unter die Arme griff.

»Sie hatte Sie ja schon verlassen, Monsieur Jodet...«

»War doch nur ein Spaß... Und außerdem ist das Ihre Angelegenheit, nicht wahr? – Haben Sie eine Wohnung gefunden?«

»Sie hatte schon eine.«

»Ist das nicht ihre zweite Ehe?«

»Ja. Ihr erster Mann ist sehr früh verstorben...«

»Und? Sind Sie glücklich?«

Was sollte er da antworten? Glücklich... Das war für ihn ein Fremdwort.

»Ich bin zufrieden, ja, ich glaub schon...«

Jeanne und er hatten vier Nächte verbracht, ohne daß sie zueinander gefunden hatten. Am Abend legte sich jeder wie selbstverständlich in sein Bett.

»Gute Nacht, Émile«, murmelte sie, da sie immer das Licht ausmachte.

»Gute Nacht, Jeanne.«

Er mußte sich erst daran gewöhnen, sie beim Vornamen zu nennen. Morgens, wenn er sie schon an der Schreibmaschine antraf, war das einfacher.

»Macht es Ihnen auch bestimmt nichts aus, mir die Eier zu kochen? Sie werden aus Ihrer Arbeit rausgerissen...«

»Aber nein.«

»Ich kann sie mir ohne weiteres selber...«

Sie kochte relativ einfach, ohne übermäßigen Aufwand. Das Essen war bestimmt so gut wie in seinem kleinen Restaurant, und doch trauerte er dem ein wenig nach. Hier saßen sie allein im Wohnzimmer, das zugleich Eßzimmer war. Sie saßen sich jeweils am Ende des großen ovalen Tischs beim langsamen Ticktack der Uhr mit dem geschnitzten Nußbaumgehäuse gegenüber.

Er hätte ihr gern interessante Dinge erzählt, aber es fielen ihm nur Banalitäten ein.

»Der Sohn von Monsieur Jodet ist mit einem neuen Wagen vorgefahren.«

»Bestimmt ein Sportwagen!«

»Ja. Und alle haben es irgendwie eingerichtet, daß sie mal raus sind und ihn angeschaut haben.«

Darauf kehrte wieder Stille ein. Sie schien nicht darunter zu leiden. Allerdings hatte sie sich ja von Anfang an, seit sie sich nähergekommen waren, daran gewöhnen können.

Sie hatte am Tag nach ihrer Hochzeit wie üblich an der Schreibmaschine gesessen und gearbeitet. Er war in den folgenden drei Nächten in seinem Bett geblieben; erst in der fünften Nacht hatte sie sich wortlos zu ihm gelegt.

Er hatte bei der Liebe gewisse Schwierigkeiten gehabt. Er hatte es zum ersten Mal im Alter von zweiundzwanzig probiert, mit einer Nutte aus der Rue Saint-Denis.

»Ja, muß ich dir denn zeigen, wie man das macht?« hatte sie gefragt, da seine Passivität sie überraschte.

In der Rue du Faubourg-Saint-Jacques hatte sich das Leben nach und nach in jenem langsamen und monotonen Rhythmus eingependelt, der sich im Lauf der Jahre nicht mehr änderte. Samstag abends gingen sie ins Kino. Sie hatten keinen Wagen. Sie hätten sich einen leisten können, aber wer hätte ihn fahren sollen? Émile Virieu hätte sich das nicht zugetraut, weil er oft geistesabwesend war. Und Jeanne bot es von sich aus nicht an.

Sie gingen einmal die Woche zum Abendessen aus, aber nicht in das kleine Restaurant, in dem ihre Heirat beschlossen worden war.

Sie stritten sich nie. Jeanne sah ihn weiterhin forschend von der Seite her an, wie es die anderen auch taten. Abends hatte jeder seinen Sessel und sein Buch.

Wenn es gute Musik gab, stellte Jeanne manchmal das Radio an.

Später kauften sie sich dann ein Fernsehgerät und sahen sich nebeneinander sitzend die Programme an.

Sie führten ein ruhiges und banales Leben, und doch litt er nicht darunter. Sie gingen selten zu Géraldine, seiner Schwester, die jetzt Madame Lamark hieß und drei Kinder hatte. Fernand, ihr Mann, arbeitete als Graphiker in einer Werbefirma auf den Champs-Elysées.

Bei den Lamarks ging es laut zu. Alle redeten auf einmal.

»Ich versteh nicht, daß du dich, noch dazu mit deinem Abitur, mit einer Stelle als Korrektor zufriedengibst. Schau mich an, ich hab kein Abitur. Ich war nicht auf der Kunstschule, ich hab keinerlei Abschluß. Und doch hab ich eine Position, um die mich manch einer beneidet ...«

Was sollte man ihm antworten? Er war groß und blond, ein eleganter junger Mann, der im Lauf eines Abends seine drei bis vier Whisky trank. Er äußerte sich in überlegenem Tonfall, als ob er über alles Bescheid wisse. Und Géraldine war eine richtige Pariserin geworden.

Sie hatten ein Häuschen auf dem Land, im Vallée de Chevreuse, und sie verbrachten dort sämtliche Wochenenden. Im Winter fuhren sie für etwa zehn Tage ins Gebirge.

Émile reagierte auf alle Fragen seines Schwagers mit einer unbestimmten Handbewegung. Er war nicht ehrgeizig. Er war auch keiner, der aufbegehrte. Er versuchte nicht, etwas anderes zu werden als das, was er war.

Und Jeanne ihrerseits trieb ihn nicht an. Auch sie ging wahrscheinlich ungern zu den Lamarks, in diese neue und hypermoderne Wohnung am Boulevard Diderot.

Damals, mit siebzehn, als Émile aus dem *lycée* nach Haus gekommen war und berichtet hatte, er habe das Abitur bestanden, da hatte sein Vater ihm etwas linkisch einen Kuß auf beide Wangen gegeben, während seine Mutter sich mit dem Schürzenzipfel eine Träne abwischte.

»Na, glücklich, mein Sohn?«

Er hatte einen Moment überlegt und dann gesagt:

»Ich bin zufrieden.«

Das stimmte. Er empfand eine gewisse Genugtuung darüber, daß ein Teil seines Lebens bewältigt war.

Zu Hause roch es überall nach Torte, nach Zuckerzeug, nach frischem Brot. Die Schürze seines Vaters war mit einer mehligen Kruste überzogen.

»Ich hoffe doch, du setzt dein Studium fort, ja?«

»Was für ein Studium?«

»Zum Beispiel Medizin ... Ich kann mir dich sehr gut als Arzt vorstellen. Du wirkst ernst und gewissenhaft ...«

»Ich hab keine Lust, Arzt zu werden.«

»Dann vielleicht Rechtsanwalt?«

»Auch nicht.«

»Oder Lehrer?«

Er hätte viel zu viel Angst vor den Blicken seiner Schüler gehabt!

»Ich weiß nicht, was ich ...«

Bei mir zu arbeiten und eines Tages den Betrieb zu übernehmen, dazu hast du wohl keine Lust?«

»Ich muß mir's überlegen ...«

Er streifte mehrere Tage durch die Straßen und wälzte alle möglichen Gedanken in seinem großen Kopf. Sonntags, beim Mittagessen, hatte er dann angekündigt:

»Ich will versuchen, deinen Beruf zu lernen ...«

Sein Vater war gerührt, seine Mutter etwas enttäuscht. Sie tröstete sich aber bei dem Gedanken, daß sie ihn auf die Art zu Hause behielt.

Er arbeitete unten in der Backstube. Er war nicht gerade ungeschickt, legte bei allen Handgriffen jedoch eine gewisse Langsamkeit an den Tag.

»Mach den Ofen wieder zu, Émile ... Beeil dich!«

Das war drei Wochen so gegangen.

»Ich glaube nicht, daß ich einen guten Konditor abgebe«, hatte er gesagt.

»Das mußt du selber wissen. Du bist frei. Was würde dich reizen?«

»Ich glaube, ich möchte gern in Paris leben ...«

Sein Vater hatte ihm tausend Francs gegeben.

Er war mit dem Bus weggefahren. Er hatte in einem Hotel in der Avenue du Général-Leclerc ein Zimmer mit fließend Wasser gefunden.

Er fühlte sich nicht unter Zeitdruck. Er versuchte nicht, seiner Berufung auf die Spur zu kommen, wenn er denn eine hatte. Er wollte aber auch nicht tatenlos herumsitzen und seinen Eltern auf der Tasche liegen.

Er ging die Kleinanzeigen der Zeitungen durch und

stellte sich an dieser oder jener Adresse vor. Er war nie als erster da. Manchmal hatte sich vor der Tür eine über zwanzig Meter lange Schlange gebildet.

»Haben Sie eine abgeschlossene Berufsausbildung?«

»Nein.«

»Sie haben noch nie gearbeitet?«

»Ich hab gerade das Abitur abgelegt ...«

Sein Gegenüber sah ihn mißtrauisch an, als ob es bei ihm etwas gäbe, das nicht stimmte.

»Sie bekommen schriftlich Bescheid.«

Er bekam nie einen Bescheid, und der Tausend-Francs-Schein war schon fast weggeschmolzen. Da hatte er angefangen, Lexika zu verkaufen. Er trug eine schwere Aktentasche mit sich herum, in der ein Musterband war. Er ging jeweils eine Straße vom einen Ende bis zum anderen durch; dann wechselte er auf die andere Straßenseite über und kam in Gegenrichtung zurück. Die Wohnungstüren gingen meistens nur einen Spalt breit auf. Eine Frau im Négligé musterte ihn von Kopf bis Fuß.

»Was wollen Sie?«

Drinnen hörte er ein Kind schreien. Wie sollte er hoffen, dieser Frau ein zwölfbändiges Lexikon zu verkaufen?

»Ich würde Ihnen gern ein Buch zeigen ...«

»Zum Lesen hab ich keine Zeit, und wenn mein Mann abends nach Haus kommt, hat er nichts im Kopf als Fernsehen ...«

Er gab nicht auf. Er setzte trotz allem zwei Große Ausgaben ab. Eines Tages klapperte er die großen Boulevards ab; er ging, ausgehend von der Place de la République, den Boulevard Saint-Martin hinauf. Die Häuser waren alt, manche auch baufällig.

Dann stand er vor einer Tür mit einem Emailschild. ›Samuel Bloomstein. Briefmarkensammlungen‹, stand darauf. Und über dem Türgriff: ›Eintreten ohne zu klopfen.‹

Er trat ein. An den Wänden standen ringsum Regale, die in kleine Fächer unterteilt waren, und ein kahlköpfiger Mann mit einer Lupe in der Hand war über irgendwelche Briefmarken gebeugt.

»Was kann ich für Sie tun?«

Eine erloschene Zigarette hing aus dem Mundwinkel herab. Er hatte dichte, struppige Augenbrauen. Er sah zu Émile hoch und runzelte die Stirn.

»Was wollen Sie mir verkaufen?«

»Das beste Lexikon, das es gibt.«

Er öffnete seine Aktentasche, aber Bloomstein winkte ab.

»Sparen Sie sich die Mühe. Das beste Lexikon, das es gibt, hab ich da drin...« Er tippte sich mit einem kurzen Auflachen gegen die Stirn. »Wie alt sind Sie?«

»Achtzehneinhalb...«

»Und was Besseres haben Sie nicht anzufangen gewußt?«

»Ich hab ja welche verkauft...«

»Wieviel?«

»Zwei Große Ausgaben.«

»Innerhalb von welcher Zeit?«

»In einem Monat.«

»Haben Sie vielleicht mal Briefmarken gesammelt wie fast alle Kinder?«

»Nein.«

»Kennen Sie sich einigermaßen in Geographie aus?«

»Ich hab das Abitur gemacht...«

»Wollen Sie statt diesem Klinkenputzen nicht lieber bei mir arbeiten?«

Er wurde noch am gleichen Tag eingestellt, und er fing am übernächsten Morgen an. Die Räume im Hochparterre waren niedrig, und wenn man das Fenster öffnete, sprang einen der Straßenlärm vom Boulevard her an. Die Dächer der Autobusse, die sich manchmal in Zweierreihen vorüberschoben, erinnerten einen an Monsterelefanten.

Er hatte einen kleinen Tisch mit Packpapier abgedeckt, das er mit Reißnägeln festgepinnt hatte. Bloomstein übergab ihm die ungeordneten Briefmarken, immer gleich mehrere hundert auf einmal, und Émile mußte sie nach Ländern sortieren. Auf der einen Tischecke hatte er eine Liste mit Briefmarken, die er nicht zu den anderen legen sollte.

Im Sommer war es trotz der schattenspendenden Bäume sehr heiß.

Émiles zweite Aufgabe bestand darin, verschiedene Briefmarkenposten in kleine Zellophanumschläge zu tun. Es gab Umschläge mit einem Posten zu zwei Francs, zu fünf Francs und zu zehn. Das war einfach.

Es gab sehr schöne Marken, von denen er vorher keine Ahnung gehabt hatte.

Bloomstein selbst kümmerte sich um die Marken mit Seltenheitswert und empfing die Sammler.

»Ich bin mit Ihnen zufrieden, junger Mann. Vom nächsten Monat an bekommen Sie eine Zulage von fünfzig Francs...«

Émile mußte für die Nähe eine dicke Brille tragen, und als er sich zur Musterung in Étampes einfand, wurde er als untauglich nach Hause geschickt. Er war nicht besonders froh darüber. Er wäre vielleicht ganz gern Soldat gewesen.

Seine Schwester, die ein Jahr jünger war als er, war zu der Zeit verlobt. Sie arbeitete in einem Büro auf den Champs-Elysées, in eben jener Agentur, bei der Lamark war.

Émile mußte zur Hochzeitsfeier gehen. Lamarks Eltern waren da und Freunde. Die ganze Gesellschaft war zum Essen in das Restaurant ›La Cloche d'Or‹ geladen, und der Vater gab sich am Abend lautstärker als sonst.

»Und du, heiratest du nicht? Sitzt du immer noch über deinen Briefmarken?«

Er lachte. An dem Abend kam ihm alles komisch vor; Émile hingegen hielt sich so weit wie möglich abseits.

Nein, er war nicht ehrgeizig. Sein Zimmer war ganz in der Nähe, bei der Place de la République. Das Hotel war sauber, sein Zimmer fast geräumig, und am hinteren Ende des Ganges gab es ein Bad. Warum das Hotel nun gerade ›Hôtel des Carmes‹ hieß, danach hatte er sich nie erkundigt, und der Geschäftsführer wußte bestimmt auch nicht, warum das Hotel ausgerechnet nach dem Karmeliterorden benannt war.

Das Restaurant an der Place des Vosges, in dem er seine Mahlzeiten einnahm, hatte allerdings auch einen komischen Namen: ›Chez d'Artagnan‹, nach dem aufschneiderischen Südfranzosen in Daudets berühmtem Roman. Émile saß immer am gleichen Tisch, nicht vorn am Fenster, sondern weiter nach hinten, wo es etwas dämmriger war. Er versteckte sich zwar nicht, mochte es aber auch nicht, den Blicken anderer ausgesetzt zu sein.

Er blieb über vier Jahre bei Bloomstein. Einmal benutzte er seinen Urlaub zu einer Frankreichrundreise mit der Bahn, wobei er jeweils für zwei oder drei Tage in den großen Städten Halt machte.

»Hast du eine Freundin dabei?« hatte ihn sein Vater gefragt.

»Nein.«

»Na hör mal! Also ich in deinem Alter, mein Junge... Wenn ich 'ne Frankreichrundfahrt gemacht hätte...«

»Komm, gib nicht an, Gaston!« hatte sich seine Frau eingemischt.

Eines Abends hatte er in der Zeitung gelesen, daß in einer Druckerei in der Rue du Saint-Gothard ein Korrektor gesucht wurde. Er hatte sich einen Tag freigenommen, damit er sich vorstellen konnte.

Monsieur Jodet hatte ihn in seinem Büro im ersten Stock empfangen. Es war noch eine relativ alte Dame mit dabei, die offenbar seine Sekretärin war.

»Sind Sie gut in Orthographie?«

»Ja. Ich habe Abitur.«

»Was machen Sie zur Zeit?«

»Ich bin im Briefmarkenhandel.«

»Wieviel wollen Sie verdienen?«

»Ich weiß nicht.«

Monsieur Jodet war mager, nervös und energiegeladen. Er wandte sich der alten Dame zu, die, wie Émile später erfuhr, seine Schwester war.

»Sollen wir's mit ihm probieren?«

Es wurden hier vor allem kleine Auflagen gedruckt – Broschüren, Doktorarbeiten, Gedichtbändchen auf eigene Rechnung des Autors.

An dem Morgen, als er dann in seinem Glaskäfig Platz nahm, hätte man vielleicht ein kurzes Aufblitzen in seinen Augen sehen können, einen Funken, der schnell erlosch. War das nicht der Traum seines Lebens? Hier verfügte er über ein paar Quadratmeter, die ausschließlich sein Bereich waren, und er war durch eine Glasscheibe von den Maschinen und den Menschen getrennt.

Er beobachtete die Arbeiter, wie sie hier- und dorthin gingen, sich etwas zuriefen und eine Zigarette anzündeten, nachdem sie sich vergewissert hatten, daß der Chef sie nicht sah.

Sie kümmerten sich nicht um ihn. Für sie existierte er nicht. Er arbeitete langsam und mit Akribie. Er stieß oft auf unmögliche Sätze und bog sie dann aus eigener Initiative zurecht.

Madame Françoise, wie Monsieur Jodets Schwester allgemein genannt wurde, war über fünfundsechzig Jahre alt. Es hieß, daß sie sich auf dem Land, wo sie ein kleines Haus besaß, zur Ruhe setzen wollte, und eines Morgens tauchte dann Jeanne auf, die ihre Stelle einnahm.

Émile achtete nicht auf sie; sie hingegen sah ihn mit

einem gewissen Erstaunen an, als ob er anders als die anderen Männer sei. Er ging am Morgen und am Abend ins Büro hinauf – einmal, um die jeweils vorliegenden Fahnen entgegenzunehmen, und das nächste Mal, um sie korrigiert zurückzugeben.

Jean-Jacques, Jodets Sohn, hatte theoretisch in dem angrenzenden Raum sein Büro, aber er war selten da. Er war fünfundzwanzig und damit beschäftigt, den größten Teil dessen, was sein Vater mit harter Arbeit verdiente, wieder auszugeben – vor allem durch die Anschaffung von Autos.

Es gab auch eine Madame Jodet, die Frau von Jodet senior, die hin und wieder ins Büro kam, wenn sie etwas brauchte. Sie mochte etwa zehn Jahre jünger sein als ihr Mann. Émile schätzte sie auf fünfzig Jahre, aber in solchen Dingen kannte er sich wirklich nicht aus ...

Sie war eine füllige Frau in den Farben Weiß und Bonbonrosa, mit einem leicht rötlich-violetten Schimmer auf den Wangen und beeindruckenden Ketten um den Hals. Man hätte Mühe gehabt, zwei unterschiedlichere menschliche Wesen aufzutreiben als sie und Jodet. Sie lief stets mit hoch erhobenem Haupt umher, und die Arbeiter behaupteten, sie zwinge ihren Mann fast jeden Abend, mit ihr auszugehen.

Émiles Leben verlief ruhig. Einmal im Monat machte er einen Besuch bei Géraldine.

»Ist deine Arbeit nicht sehr monoton?«

»Aber nein ...«

»Kriegst du wenigstens gut zu essen?«

»Wie in jedem anderen Lokal auch ...«

»Warum heiratest du nicht? Worauf wartest du noch?« fragte ihn sein Schwager.

»Daß mir danach zumute ist...«

»Du könntest Kinder haben...«

Géraldine war damals zum zweiten Mal schwanger gewesen. Émile reagierte nicht. Er brachte Kindern keine Zuneigung entgegen. Er ging immer der Nase nach geradeaus und nahm anscheinend das Leben, wie's eben kam, ohne sich Fragen zu stellen. Das besorgten die anderen für ihn: Er wußte es, er las es ihnen an den Augen ab und begnügte sich damit, den Kopf wegzudrehen.

Madame Jeanne, wie sie in der Druckerei genannt wurde, machte äußerlich eine recht unglückliche Figur. Sie mußte es wissen. Aber sie hatte sich offenbar damit abgefunden und verwendete keinerlei kosmetische Mittel zur Korrektur ihres Erscheinungsbilds.

Im Grunde mochte er sie gern. Der Ausdruck war vielleicht zu hoch gegriffen. Sie flößte ihm Vertrauen ein. Wenn er mit jemandem ein Problem zu besprechen gehabt hätte, dann hätte er sich an sie gewandt.

Es war ein Jahr vergangen und ein zweites, seit sie im Büro von Monsieur Jodet arbeitete. War die Idee in dieser ganzen Zeit bei Émile Virieu herangereift?

Er hätte es nicht zu sagen vermocht. Er träumte weder von überschwenglichen Gefühlen noch von leidenschaftlichen Umarmungen. Sentimental veranlagt war er auch nicht. Es kam ihm so vor, als sei er unfähig, zu einer Frau zu sagen: ›Ich liebe Sie...‹

Er hatte wenig sexuelle Bedürfnisse; ganz gelegentlich ging er mit einem der Strichmädchen nach oben. Er hatte ein bißchen Angst vor ihnen, weil sie es besser als sonst jemand sofort heraushatten, daß bei ihm etwas hakelte.

Manchmal hätte er am liebsten gefragt: Was hab ich denn Besonderes an mir?

Er wußte nicht, was es war, und das bedrückte ihn immer wieder. Diese zufällig aufgegabelten Mädchen legten ihm gegenüber zwar Verwunderung an den Tag, aber irgendwie war auch Angst mit dabei.

Sie fragten ihn nicht aus. Sie brachten die Sache so schnell wie möglich hinter sich, und er ging wieder, mit schwererem Schritt denn je.

Warum sollte er sich nicht verheiraten? Madame Jeanne war zwar nicht schön, man hätte sie sogar als häßlich bezeichnen können, aber das kam ihm durchaus gelegen. Konnte er sich anmaßen, eine hübsche junge Frau zu heiraten? Würde er sich ihr gegenüber nicht gehemmt fühlen, ja sogar minderwertig?

Ganz abgesehen davon, daß hübsche Mädchen kokett sind, daß so eine versuchen würde, seine Lebensgewohnheiten zu ändern und sogar seine Art, sich anzuziehen...

Er überlegte es sich monatelang, bevor er Madame Jeanne zum Abendessen in sein kleines Restaurant einlud. Damals wußte er noch nicht, daß sie schon einmal verheiratet gewesen war. Und es war ihm eher recht, als er davon erfuhr.

## 2

Im ersten Jahr hatte keiner von beiden davon gesprochen, in Urlaub zu fahren. Jeanne saß über einem dicken amerikanischen Roman, der wegen der vielen Slangausdrücke schwierig zu übersetzen war, und sie war daher gezwungen, laufend in einem Slangwörterbuch nachzuschlagen.

Émile schlenderte durch die Straßen. Er stieß nur selten auf die andere Seineseite vor, wo er dann bei den Bouquinisten an den Quais herumstöberte.

Er langweilte sich nicht. Er langweilte sich nie. Langeweile war ein Begriff, der ihm fremd war. Nach Aussage seiner Mutter konnte er als Kleinkind stundenlang in seinem Babystühlchen sitzen und auf einen bestimmten Punkt in der Luft starren. Er weinte nicht, er lächelte auch nicht.

»Ich hab mir Sorgen gemacht deswegen«, erzählte ihm seine Mutter manchmal. »Du warst nicht wie die anderen Babys, und ich bin mit dir zu Doktor Lovit gegangen. Er hat mich gefragt, ob du gut ißt und ob sonst alles in Ordnung ist, und dann hat er gemeint, ich soll mir keine Gedanken machen...«

Was Émile jetzt in der Ferienzeit zu schaffen machte, war die unfreiwillige Änderung seines Tagesablaufs. Niemand hätte Verständnis dafür aufgebracht, wenn er weiter zur Arbeit in die Rue du Saint-Gothard gegangen wäre, ohne den ihm zustehenden Urlaub zu nehmen. Aber sein Glaskäfig fehlte ihm. Er war seine Zufluchtsstätte geworden, seine Höhle, wie seinerzeit das Hochparterre des Briefmarkenhändlers am Boulevard Saint-Martin.

Er sah die Leute auf der Straße, ohne sie wahrzunehmen. Die entgegenkommenden Passanten interessierten ihn nicht; vielleicht merkte man ihm das an, und die Leute drehten sich deswegen nach ihm um.

Dr. Lovit war der Hausarzt der Familie Virieu. Er war sehr sanft, sehr ruhig und hatte einen stets sorgfältig gepflegten grauen, fast weißen Bart. Er war Witwer und lebte mit einer etwa vierzigjährigen Haushälterin zusammen, die mit wilder Entschlossenheit über ihn wachte.

Wenn ein Patient zum Beispiel abends oder zu den Essenszeiten anrief, wollte sie unbedingt wissen, worum es sich handelte, und sie entschied dann auch über die Dringlichkeit des Falls.

»Der Herr Doktor kann nicht vor sechs Uhr zu Ihnen kommen, glauben Sie mir . . .«

Émile mochte etwa zwölf gewesen sein, als seine Mutter ihn wieder zu Dr. Lovit gebracht hatte.

»Herr Doktor, ich weiß nicht, was er hat. Er gibt's nicht so ohne weiteres zu, wenn ihm was weh tut . . .«

»Nun sag mal, mein Kleiner, was fehlt dir denn? . . .«

»Der Kopf tut weh . . .«

»Oft?«

»Ja, also fast jeden Tag.«

»Tut's arg weh?«

»Vielleicht... Das sitzt hier...« Émile faßte an den Hinterkopf.

»Hast du das schon lang?«

»Ein paar Wochen. Vielleicht ein paar Monate...«

»Wie lang dauert das jedesmal?«

»Den ganzen Tag. Manchmal wach ich nachts davon auf...«

Der Arzt sah sich Émiles Augen an. »Du trägst doch deine Brille zum Lesen und Schreiben?«

»Ja.«

»Hast du Magendrücken, etwa nach dem Essen?«

»Nein. Magenweh hab ich nie. Außer, wenn das mit dem Kopf anfängt, dann denk ich manchmal, ich muß brechen.«

»Und? Erbrichst du dich?«

»Nein.«

»Hast du jeden Tag Stuhlgang?«

»Ja.«

Er nahm es seiner Mutter übel, daß sie ihn zu Lovit gebracht hatte. Er mochte es nicht, wenn man ihm Fragen stellte.

»Zeig mir mal die Zunge...«

Danach hatte er sich auf dem mit Moleskin bespannten Tisch ausstrecken müssen, und Lovit hatte ihn überall abgetastet.

»Ich kann nichts finden. Hast du schon Aspirin genommen?«

»Ich hab nichts genommen.«

»Versuch's mal mit Aspirin. Nicht mehr als drei am Tag, und nur, wenn's sehr weh tut...«

Das Aspirin war wirkungslos geblieben. Die Schmerzen hielten an und steigerten sich noch. Er vermied es zwar, sich zu beklagen, aber seine Mutter merkte es doch und ging nochmals mit ihm zu Dr. Lovit. Sie hatten über eine Stunde im Wartezimmer gesessen, wo sie fünf Leute vor sich hatten. Zum Glück hatte Madame Virieu eine kleine Verkäuferin, ein ganz junges Ding, das im Laden bediente, wenn sie mal aus dem Haus mußte.

»So, wie steht's? Geht's nicht weg?«

Lovit hatte ihn ein weiteres Mal untersucht und ihm auf der Leber herumgedrückt. »Tut das weh?« hatte er gefragt.

»Nein. Das kitzelt...«

»Tust du dich schwer mit dem Lernen?«

»Nein.«

»Spielst du draußen mit den anderen, deinen Kameraden?«

»Nein.«

»Warum?«

»Weil ich keine Kameraden habe und weil ich nicht gern spiele.«

»Er steckt immer mit der Nase in den Büchern, Herr Doktor.«

»Es ist wahrscheinlich eine Nervensache. Ich verschreibe ihm ein Beruhigungsmittel...«

Ob es auf die rosa Pillen zurückzuführen war? Die Schmerzen waren mehrere Monate lang weggeblieben. Seither traten sie von Zeit zu Zeit wieder mal auf und hielten ein paar Tage, zuweilen auch zwei oder drei Wochen an. Er achtete nicht mehr darauf. Er mochte es nicht, wenn er untersucht wurde, vor allem, weil er jedesmal so einen erstaunten Blick auf sich gerichtet fühlte.

Seine Eltern machten nie Ferien. Seine Schwester und er wurden deshalb zu einer unverheirateten Tante nach Fouron geschickt, einem Dorf in der Nähe des Waldes von Orléans.

»Du brauchst gute Luft…«

Als ob es in Étampes keine gute Luft gegeben hätte! Bei Tante Lucile, die den ganzen Tag das Haus wienerte, gab es keine Bücher. Deshalb waren die Ferien dort für ihn eine Tortur.

»Warum gehst du nicht mit deiner Schwester im Wald spielen?«

»Ooch… Keine Lust.«

Im ersten gemeinsamen Urlaub fuhren sie, Jeanne und er, nach Les Sables-d'Olonne, wo sie in dem am Deich gelegenen ›Hôtel Royal‹ abstiegen. Von ihrem Zimmer aus hatten sie einen Blick auf den riesigen flachen Strand, der links von einem Kiefernwald und rechts von der Hafenmole begrenzt wurde. Tausende von Badenden tummelten sich dort, ein buntes Mosaik in ständiger Bewegung; und man sah, wie die weißen Bänder der Brandung sich heranwälzten und die Schwimmer sich hineinstürzten. Draußen im offenen Meer kreuzten Fischerboote.

»Gehen wir baden?« schlug er vor.

»Ja, meinst du?«

Sie hatten sich nach und nach an das Du gewöhnt, aber es passierte immer mal wieder, daß sie sich versehentlich siezten.

Man gab ihnen eine Umkleidekabine für zwei. Es

war ein Zelt aus rotem Segeltuch. Gleich daneben lagen mehrere Frauen lang ausgestreckt im Sand und ließen sich von der Sonne bräunen.

»Gehst du als erste rein?«

»Nein, geh du zuerst.«

Er hatte die Stoffklappe heruntergeschlagen und zog sich gehemmt aus. Er war am ganzen Körper weiß. Schon als Kind war er immer etwas dicklich gewesen; jetzt aber war er fett, mit Speckwülsten am Bauch. Er hätte sich um ein Haar wieder angezogen, traute sich aber nicht, wegen Jeanne.

Er ging mit dem Frotteehandtuch über dem Arm hinaus.

»Du bist dran ...«

Sie war offenbar ebenso wenig begeistert wie er, und sie blieb sehr lang drinnen. Der einteilige Badeanzug, den sie sich vor der Abreise gekauft hatte, war rot. Sie hatte eigentlich einen schwarzen gewollt, aber keinen bekommen. Sie trat schließlich verschämt heraus.

Die dicken Brüste hingen bis zum Magen, darunter wölbte sich der Bauch hervor, und die Krampfadern an Oberschenkeln und Waden erinnerten an eine Landkarte.

Sie liefen zum Ufer. Sie konnten beide nicht schwimmen. Sie liefen durchs Wasser, zuerst nur am Rand, später so tief, daß es ihnen bis zur Brust reichte.

»Ist dir nicht kalt?«

Das ganze Unternehmen war ein Reinfall. Jeder schämte sich, und sie fühlten sich gedemütigt durch die Kinder, die um sie herum im Wasser schwammen. Sie hätten sich nie vorgestellt, daß sie von oben bis unten so weiß waren.

Die anderen Leute kümmerten sich nicht um sie – dazu waren es viel zu viele. Bestimmt Tausende, vom einen Ende des Strandes zum anderen. Damals, als Virieu auf seiner Frankreichrundfahrt durch Les Sables gekommen war, hatte gerade das Frühjahr begonnen, und es war noch alles leer.

Sie legten sich nicht in die Sonne. Sie gingen schnurstracks zu ihrem Umkleidezelt, und Jeanne bat ihn, als erste hineingehen zu dürfen.

Er fühlte sich nicht wohl in der Masse. Die Menschen machten ihm angst. Als er sich dann seinerseits anziehen konnte, griff er erleichtert zu den gewohnten Kleidern.

Sie machten es sich zur Gewohnheit, die Deichstraße entlang zu laufen. Ab und zu gingen sie zu den Markthallen hinüber, wo der Fisch auf dem gefliesten Boden auslag und die Marktfrauen kurze Plisseeröcke und lackierte Holzschuhe trugen.

Sie fühlten sich deplaziert und linkisch – Jeanne auch, ja. In Paris hatten sie beschlossen, drei Wochen zu bleiben oder einen Monat. Sie fuhren nach vierzehn Tagen wieder heim.

Im kommenden Jahr hatte Jeanne eine dringende Arbeit auf dem Tisch, die Übersetzung der Memoiren eines englischen Staatsmannes. Die Empfehlung, den Urlaub in einem Gasthaus an der Loire, zwischen Nevers und Pougues-les-Eaux zu verbringen, war von Monsieur Jodet gekommen.

»Ihre Frau wird dort sehr gut arbeiten können«, sagte er zu Émile. »Wenn überhaupt, sind vielleicht zwei oder drei Familien da ...«

Jeanne breitete sich mit Schreibzeug und Wörterbüchern auf der Terrasse aus, die eher eine große grüne Laube war. Das Blattwerk ließ vereinzelte Sonnenstrahlen durch, die sich hier und da als zittriger Lichtfleck festsetzten.

Émile hatte Bücher mitgenommen. Er ging trotzdem ab und zu im Wald spazieren, allein. Es war auch ein nicht mehr ganz junges Paar da, das täglich seine zehn bis zwölf Kilometer zurücklegte und am Spätnachmittag ein Bad in der Loire nahm. Am Ufer saß ein Mann mit dickem braunem Schnurrbart, der den ganzen Tag über angelte und oft mit einem Netz voller Fische nach Hause ging.

Virieu verstand nichts davon, ging aber dennoch ins Nachbardorf und kaufte sich eine billige Angelrute und Schnüre. Er ließ sich damit etwa zehn Meter von dem Angler entfernt nieder, der ihm mit gerunzelter Stirn zusah.

Der rote Schwimmer trieb langsam auf dem glitzernden Wasser dahin und hüpfte vor dem Eintauchen manchmal auf. Émile zog an der Schnur, aber da hing nichts dran.

»Ja, der Fisch hier ist schlau ... Genau wie die Einheimischen ... Hier, nehmen Sie doch einen Schluck Weißwein ...«

Sein Nachbar trank den ganzen Tag über von seinem Weißen, und am Abend hatte er ein gedunsenes Gesicht.

Die Küche war gut. Zwei Ehepaare hatten Kinder dabei, und die gingen zum Baden an den Fluß, in dessen Mitte eine Kiesbank herausragte.

Jeanne kam mit ihrer Arbeit voran. Sie konnte sich trotz Lärm und der um sie herum pickenden Hühner konzentrieren und gegen Ende der ersten Woche ihrem Pariser Verleger etwa zwanzig Seiten schicken.

Ob Émile etwas gegessen hatte, was er nicht vertrug? Ob es der Weißwein aus der Gegend war? Er bekam üble Magen-Darm-Beschwerden und beschloß, als er die Sache nicht loswurde, zu einem Arzt in Nevers zu gehen.

Der Arzt hieß Brabant. Er war noch ganz jung. Er sah seinen Patienten überrascht an, als ob ihm etwas an seinem Aussehen auffiele... Waren es die hervortretenden ausdruckslosen Stielaugen?

Er stellte ihm ein paar Fragen, tastete den Bauch und den Magen ab.

»Haben Sie sonst noch Beschwerden?«

»Ich habe ab und zu starke Kopfschmerzen, die mehrere Tage lang anhalten.«

»Waren Sie deswegen beim Arzt?«

»Ja. Er meint, es hängt mit den Nerven zusammen; er hat mir Beruhigungsmittel verschrieben.«

Das setzte den jungen Arzt in Erstaunen, und er begann, ihm an verschiedenen Stellen den Schädel abzutasten.

»Ist es hier?«

»Ja.«

»Helfen die Beruhigungsmittel?«

»Mehr oder weniger.«

»Leiden Sie schon lange darunter?«

»Seit meiner Kindheit...«

»Haben Sie Ihr Medikament bei sich?«

Émile reichte ihm das Döschen mit den rosa Pillen.

Der Arzt sah sie sich an. »Ach so...«, meinte er, ohne nähere Erklärung. Er machte ein ernstes Gesicht. »Sind Sie verheiratet?«

»Ja.«

»Verstehen Sie sich gut mit Ihrer Frau?«

»Ja. Wir streiten uns nie.«

»Und beruflich? Haben Sie Ärger?«

»Nein, überhaupt nicht.«

Er setzte sich an seinen Schreibtisch und schrieb ein Rezept auf.

»Hier, ich schreibe Ihnen ein Pulver auf. Sie lösen dreimal täglich den Inhalt eines Beutels in nicht zu kaltem, am besten lauwarmem Wasser auf. Das ist für Ihren Magen-Darm-Trakt. Was Ihre Kopfschmerzen betrifft, da bin ich nicht zuständig... Vielleicht sollten Sie mal zu einem Neurologen gehen, wenn Sie wieder in Paris sind.«

Wozu? Es konnte sich ja doch keiner einen Reim drauf machen. Und er selber hatte sich schließlich so akzeptiert, wie er war.

Er ging durch den Wald de la Ribaudière zum Gasthaus zurück, wo er Jeanne wie gewöhnlich auf der Terrasse antraf.

»Was hat er gesagt?«

»Er hat mir ein Pulver verschrieben, das ich dreimal täglich nehmen soll, aufgelöst in etwas lauwarmem Wasser...«

Er war zur Apotheke gegangen. Es war ein Allerweltsmittel; er hatte es schon bekommen, als er mit dreizehn die Ruhr gehabt hatte.

Noch am selben Tag gab es ein Gewitter. Das Wetter blieb zwei oder drei Tage lang schlecht. Die Wolken hingen tief; ab und zu fiel in langen, durchsichtigen Fahnen ein Regen, der klatschend auf den Boden traf und wieder hochspritzte.

Jeanne arbeitete in der Gaststube weiter, wo die Bauern der Umgebung sich bei einem Schoppen Weißwein zusammensetzten. Émile las. Zwischen zwei Regengüssen ging er etwas spazieren, versuchte es aber nicht mehr mit dem Angeln.

Er fragte sich nie, ob er glücklich war. Das war ein Wort, ein Begriff, der für ihn keinen Sinn ergab. Er lebte weiter dahin wie ein auf einem Damespiel hin- und hergeschobener Stein, ohne sich Fragen zu stellen.

Sie blieben so lang weg, wie sie sich vorgenommen hatten, und fuhren dann nach Paris zurück. In ihrer Wohnung roch es muffig. In der Rue du Faubourg-Saint-Jacques hatten viele Geschäfte geschlossen, weil noch nicht Ende August war. Morgens mußte man die Croissants und das Brot in einer Bäckerei holen, in der sie sonst nichts einkauften. Nur der Metzger war sonnenverbrannt aus dem Urlaub zurück und hatte geöffnet.

Auch Monsieur Jodet war zurück, aber seine Frau war in Juan-les-Pins geblieben, wo sie Abend für Abend im Casino verbrachte.

Virieu und seine Frau waren in Gütertrennung verheiratet. Das war ihnen beiden ganz normal erschienen.

An jedem Monatsende legte Jeanne ihm eine Abrechnung über ihre Ausgaben für Haushalt und Essen vor, und er zahlte ihr die Hälfte des Betrags.

Sie kam nicht mehr zu ihm ins Bett. Das hatte nur ein paar Wochen, vielleicht zwei Monate gedauert. Er kam auch nicht zu ihr ins Bett. Es machte dem einen wie dem anderen nichts aus.

Im vierten oder fünften Ehejahr hatten sie ein Fernsehgerät gekauft, und sie verbrachten den größten Teil des Abends damit, sich die Programme anzusehen.

In der Druckerei fühlte er sich in seinem Glaskäfig, der ihn von der Außenwelt isolierte, so wohl wie seit eh und je. Die Arbeiter waren so sehr an seinen Anblick gewöhnt, daß sie sich nicht mehr wunderten, wenn sie ihn stundenlang reglos dasitzen sahen. Sie selbst verließen gegen zehn den Arbeitsplatz auf einen Sprung, um in einem benachbarten Bistro einen Schluck Rotwein zu trinken. Das gehörte zur Tradition des Hauses, und Monsieur Jodet hatte nichts dagegen einzuwenden.

»Wie geht es Jeanne?«

Sie war immerhin so lang seine Sekretärin gewesen, daß er sie mit Vornamen angeredet hatte.

»Sehr gut. Sie bekommt mehr Übersetzungen, als sie eigentlich machen kann.«

»Ist das gut bezahlt?«

»Ich weiß nicht. Ich hab sie nie danach gefragt.«

Worauf Monsieur Jodet ihn, wie schon soundso viele andere, überrascht ansah.

Um die Zeit, zu der die Drucker und Setzer ihren Schluck Rotwein tranken, verließ Jeanne meist die Wohnung zum Einkaufen. Die Ladeninhaber kannten sie. Sie wußten auch, und das galt besonders für den Metzger, daß sie sich keine zweitklassige Ware andrehen ließ.

Sie war eine gute Köchin. Sie war an ihrem Gasherd ebenso aktiv wie bei ihren Übersetzungen. Sie stellte fast immer das Radio an, und das Gerät leistete ihr Gesellschaft.

Émile kam etwa um Viertel oder zwanzig nach zwölf von der Arbeit und ging sich sofort die Hände waschen. Sie gaben sich keinen Kuß. Das kam nur am Morgen und am Abend vor, und dann auch nur auf die Wange oder die Stirn.

Hätte man sie als gute Freunde bezeichnen können? Vielleicht. Jeder fühlte sich in Gesellschaft des anderen wohl; sie redeten kaum miteinander – dessen bedurfte es nicht.

Sie begleitete ihn, wenn er etwa alle vier Wochen seine Schwester besuchen ging. Samstags oder sonntags konnten sie nicht hin, weil die Lamarks dann in ihrem Häuschen auf dem Land waren.

Fernand Lamark mußte in seiner Firma aufgestiegen sein, da sie immer aufwendiger lebten und wieder einen neuen Wagen fuhren.

Émile beneidete sie nicht. Er beneidete niemand.

Es war jetzt Jahre her, daß Jeanne etwas von ihrer Mutter gehört hatte, die allerdings vorher schon, seit ihrer Abreise in die USA, sehr wenig geschrieben hatte. Sie war keine junge Frau mehr. Ob ihr Impresario sie geheiratet hatte? Ob sie Privatstunden außer Haus gab und versuchte, beim Fernsehen eine Nebenrolle zu ergattern?

Sie hatte sich nie um ihre Tochter gekümmert, und Jeanne erinnerte sich kaum daran, wie sie aussah. Oder ausgesehen hatte.

»Sie war eine schöne und sehr attraktive Frau«, konnte sie von ihrer Mutter sagen, aber das war so ungefähr alles, was ihr noch einfiel. »Meine Tante war ganz anders. Niemand wäre auf die Idee gekommen, daß die beiden Schwestern sind...«

Jeanne selbst war lieber auf Nummer Sicher gegangen und hatte Émile geheiratet. Ob ihr das manchmal leid tat? Wenn ja, dann ließ sie es sich nicht anmerken. Auf Émile wirkte sie immer entspannt.

»Haben wir einen Mieterwechsel im Haus?« Émile hatte einen gelben Möbelwagen vor dem Hauseingang stehen sehen.

»Unsere Nachbarn von nebenan...«

Hier im Haus hatten zwei Wohnungen die Fenster zur Straße hin; in der einen wohnten sie, und in der anderen hatte bis vorgestern ein altes Ehepaar gewohnt.

Das waren so ruhige Leute gewesen, daß man kaum etwas von ihnen wahrgenommen hatte. Die Kinder waren verheiratet. Eine der Töchter war ihrem Mann nach Australien gefolgt, sie hatte mehrere Kinder. Der eine Sohn war Rechtsanwalt mit Wohnung und Kanzlei in der Rue Gay-Lussac. Sie mußten noch eine weitere Tochter haben, aber die kam nie zu ihnen in die Rue du Faubourg-Saint-Jacques. Ob sie etwa auch im Ausland lebte?

»Weißt du, wo sie hingehen?«

»Sie gehen aus Paris fort. Die Concierge meint, sie haben eine Villa in Antibes gekauft...«

Der Mann mochte fünfundsiebzig sein, seine Frau fünf oder sechs Jahre jünger. Und da beschlossen sie mit einem Mal, ein anderes Leben zu beginnen.

»Sie scheinen recht gut betucht zu sein ...«

»Die Villa bleibt ja dann den Kindern ...«

Sie selber hatten keine Kinder. Und sie verdienten beide gut. Sie würden sich auch ein Häuschen im Midi kaufen können, wenn sie einmal so alt wie ihre Nachbarn waren, oder sogar schon früher.

Émile hatte kein Verlangen danach. Die Ferien hatten ihm einen Vorgeschmack dessen gegeben, was sein Leben außerhalb von Paris sein würde.

Wenn er sich eines Tages einmal etwas ganz Teures leisten sollte, dann würde er sich eine Wohnung mit Blick auf die Seine nehmen. Wie Monsieur Jodet, der am Quai Bourbon wohnte, auf der Ile Saint-Louis, und der die beiden Seine-Arme und die Kirche Notre-Dame direkt vor Augen hatte.

Keine große Wohnung, das nicht. Er brauchte keinen Luxus. Wenn er allein gewesen wäre, hätte er sich gegebenenfalls mit einem Zimmer begnügt – wie damals, als er in der Nähe der Place de la République gewohnt hatte.

An einem Samstag morgen im Juni hatten sie in aller Frühe beschlossen, zu einem Nachmittagsbesuch nach Étampes zu fahren. Sonntags ging das nicht, weil dann in der Konditorei am meisten los war.

Sie stiegen an der Gare d'Austerlitz in den Zug nach Étampes. Bei ihrer Ankunft lag der kleine Ort wie niedergedrückt in der prallen Sonne. In seiner Kindheit war das oft so gewesen. Er erinnerte sich an ein bestimmtes Jahr, in dem die Schulen und das *lycée* tagelang wegen der Hitze geschlossen blieben. Das war auch im Juni gewesen.

Er hatte die fast ausgestorbenen und wie entzweigeschnittenen Straßen wieder vor sich: die eine Hälfte im Schatten, die andere im gleißenden Sonnenlicht.

Es bereitete ihm nicht die geringste Freude, seine Heimatstadt wiederzusehen. Es machte ihm keinen Spaß, die altvertrauten Ecken und Winkel neu zu entdecken. Da war zum Beispiel der Eisverkäufer mit seinem grellbunt bemalten Wagen, auf dem in naiver Malweise eine Ansicht von Neapel mit dem Vesuv dargestellt war.

Natürlich war der Mann nicht der gleiche wie damals. Vielleicht war es sein Sohn oder jemand, der den Eiswagen von ihm übernommen hatte.

Der von früher hatte Angelino geheißen. Er hatte eine prächtige graue oder eher silbergraue Mähne gehabt.

Émile blieb ungerührt, als er an ihn zurückdachte. Er wischte sich den Schweiß von der Stirn, und als er kurz darauf die Tür zur Konditorei aufstieß und damit die Ladenglocke in Bewegung setzte, da war es für ihn, als hätte er dieses Haus noch nie betreten.

Hinter dem Ladentisch stand eine neue, blutjunge Verkäuferin. Seine Mutter stellte immer ganz junge Mädchen ein, damit sie weniger Lohn zahlen mußte. Die Arbeit war ja auch weder anstrengend noch schwierig.

Sowohl die Tür zum Hinterzimmer wie die zum Hof

standen offen, und Émile sah, wie seine Mutter gerade über den Hof kam und sich die Finger an der Schürze abtrocknete.

»Émile! Was für 'ne Überraschung! Wie schön ...« Sie küßte ihn auf beide Wangen. Obwohl Émile nicht groß war, mußte sie sich dabei auf die Zehenspitzen stellen. »Und Jeanne ist auch mit ...« Sie küßte sie ebenfalls. »Wie geht's euch? War's euch nicht sehr heiß auf der Fahrt?«

Er sah sie an, wie er jeden anderen Menschen angesehen hätte. Sie war seine Mutter, er wußte es. Er kam sie mehrmals im Jahr besuchen, ohne daß sich ein Kontakt zwischen ihnen ergeben hätte.

Sie war sehr alt geworden und hatte so zugenommen, daß ihr das Laufen Mühe machte. Ihr Haar, das im Nacken zu einem schütteren Knoten zusammengebunden war, war spärlich geworden.

»Kommt, Kinder ... Ich will euch erst mal eine schöne Tasse Kaffee machen ...«

Der hintere Ladenraum hatte sich in ein kleines Wohnzimmer verwandelt. In der Mitte stand ein runder Tisch, darauf ein Tischteppich, der aussah wie von einem nordafrikanischen Händler, sowie eine Vase mit künstlichen Rosen. Weiter gab es zwei Ledersessel und ein Fernsehgerät.

»Da, setzt euch ... Hier gibt's etwas Durchzug, hier kann man's noch am ehesten aushalten ...«

Émile war in diesem Haus geboren. Er hatte achtzehn Jahre hier gelebt. Und doch war es ihm weniger vertraut als sein Glaskäfig in der Rue du Saint-Gothard.

Jetzt kam auch sein Vater über den Hof, auf der Hose

weiße Placken von Mehlstaub, der Oberkörper nur mit einem ärmellosen Unterhemd bekleidet.

»Tag, mein Sohn ...«

Er streckte ihm etwas linkisch die Hand entgegen. Er war nicht sicher, ob es üblich ist, seinem Sohn die Hand zu geben, und ihn zu küssen war er nicht gewohnt. Er streckte auch Jeanne die Hand entgegen.

Er war noch mehr gealtert als seine Frau. Er war nicht wie sie in die Breite gegangen, sondern hatte abgenommen. Unter den Augen hatten sich Tränensäcke gebildet, die Wangen hingen müde herab, und der Hals lag in schlaffen Falten.

»Setzt euch, Kinder ...«

Ich komme nicht mehr, nahm Émilie sich jedesmal von neuem vor. Und dann, eines schönen Tages, entschloß er sich automatisch zu einem weiteren Besuch.

Die Regalböden an den Wänden standen voller Torten und Kuchen.

»Was gibt's Neues bei euch, ihr zwei? Was macht die Gesundheit?«

»Sehr gut ...«

»Also ich, ich fühl mich jetzt manchmal so müde ... Sicher, wenn man bedenkt, daß ich immer noch so hinklotze wie mit zwanzig ... Ich weiß nicht, wie deine Mutter das macht – sie ist den ganzen Tag auf den Beinen, und abends findet sie noch Zeit, mir die Socken zu stopfen ...«

»Warum setzt ihr beide euch eigentlich nicht zur Ruhe?«

»Und was sollen wir damit anfangen, mit der Ruhe, wenn wir von morgens bis abends nur noch rumsitzen?

Wetten, ich werd schon in den ersten vier Wochen krank? Jetzt geht's laufend nach der Uhr: der Backofen, die Torten, die Kundschaft... Ich bin erst vierundsiebzig, und ich mach's schon noch ein paar Jährchen, wenn ich nicht eines Tages umfalle wie ein angeschirrter Akkergaul... Ach, ihr trinkt Kaffee? Wollt ihr nicht lieber ein Glas Wein? Also, *mich* hält das auf Trab, so ein Schluck Wein...«

»Obwohl der Doktor gesagt hat, du sollst keinen mehr trinken...«

»Ach, wenn man immer nur tun wollte, was die Ärzte einem erlauben...«

Er ging in die Küche, schenkte sich ein und kam mit dem Glas in der Hand zurück.

»Er trinkt in letzter Zeit viel zu viel«, teilte die Mutter den anderen halblaut mit, solange ihr Mann draußen war. »Ich mach mir Sorgen deswegen...«

»Was hast du da zu tuscheln gehabt?« fragte der Vater.

»Ich wollte gerade auf Géraldine zu sprechen kommen... Jeanne kann es ruhig hören, sie gehört ja zur Familie. Also, in ihrer Ehe steht's nicht zum besten...«

Émile sah sie an. Er sah, wie ihre Lippen sich bewegten. Er nahm Laute wahr, und er verstand auch deren Sinn. Aber was ging ihn das an?

»Sie hat mich im letzten Monat besucht, und sie ist mir sofort weinend um den Hals gefallen...«

Géraldine konnte weinen. Er nicht.

»Die Kinder sind jetzt groß. Patrick ist auf der Universität. Er will Chemiker werden. Marie-Lou ist zwar nicht offiziell verlobt, aber sie hat ein ernsthaftes Verhältnis. Und Serge macht dieses Jahr sein Abitur. Sie könnten weiß Gott glücklich sein... Sind alle gesund... Fernand verdient gut...«

»Géraldine macht aus 'ner Mücke einen Elefanten«, brummte der Vater.

»Fernand hat eine Freundin... Deine Schwester ist überzeugt davon, daß er in nächster Zeit die Scheidung beantragen und die andere heiraten will. Scheint eine sehr schöne junge Frau zu sein, sehr elegant, die bei der gleichen Firma arbeitet wie er, 'ne richtige Pariserin halt, ja? Eine Zeitlang hat sie gedacht, das ist bald wieder vorüber. Aber jetzt kommt er meistens noch nicht mal zum Essen nach Haus. Manchmal schützt er auch eine dringende Arbeit vor und kommt nachts überhaupt nicht heim... Er ist wie ausgewechselt, sagt sie. Sogar den Kindern gegenüber ist er kalt, gleichgültig... Ich hab natürlich versucht, ihr Mut zu machen. Ich hab auf deinen Vater da gedeutet, der hat in dem Moment gerade im Hof gestanden und hat eine Zigarette geraucht. Schau dir den Mann mal an, hab ich zu ihr gesagt, was glaubst du, wie vielen Mädchen der nachgestiegen ist. Und doch ist er bei mir geblieben...«

Der Alte räusperte sich, seine Augen funkelten, und er stand auf und holte sich in der Küche ein zweites Glas Wein.

»Na ja, ich will euch nicht auf die Nerven fallen mit solchen unerfreulichen Geschichten. Wo ich euch doch so selten sehe... Wie steht's mit der Arbeit, Jeanne?«

»Danke. Ich bin wie immer am Übersetzen, englische Bücher, amerikanische...«

»Ist das nicht sehr anstrengend?«

Zwei- oder dreimal kamen Kunden in den Laden. Sie wurden von der Verkäuferin bedient, und die Mutter begnügte sich damit, den Vorgang von weitem zu überwachen.

Auf die Art verging fast eine Stunde. Émile sagte fast gar nichts. Am meisten redeten die Eltern, genauer gesagt seine Mutter.

»Erinnerst du dich an Madame Chevalier, die das ganze Jahr über einen weißen Hut getragen hat? Sie ist letzte Woche an Krebs gestorben. Achtundachtzig ist sie geworden...«

Bruchstücke aus der Vergangenheit, auf gut Glück hervorgekramt aus dem Gedächtnis einer alten Frau. Der Vater saß rittlings auf seinem Stuhl mit dem geflochtenen Sitz und hörte zu.

»Macht dich das nicht kaputt, in Paris zu leben? Ich war ja schon lang nicht mehr dort, aber wie's aussieht, ist das Leben dort die Hölle... Und dann die ganzen Keilereien mit der Polizei! Ist es wenigstens dort, wo du wohnst, noch ruhig?«

»Ja.«

Es wurde Aprikosentorte aufgetischt. Émile hatte keine Lust darauf, opferte sich aber. Als sie dann aufbrachen, stand es ihm bis obenhin, und ganz wie beim letzten Besuch nahm er sich vor, nicht wiederzukommen.

Die Sonne lag strahlend auf den hellgelb getünchten Mauern des Innenhofs, aber Émile kam alles griesegrau vor um sich herum. Ihm war, als atmete er den Staub einer Vergangenheit ein, die er nicht mochte.

Was aber mochte er eigentlich wirklich? Eine Antwort darauf wäre ihm wohl schwergefallen. Mochte er Jeanne? Es war einfach praktisch, mit ihr zu leben. Er hatte sich daran gewöhnt. Es hätte ihm zu schaffen gemacht, wenn sie gestorben wäre.

Sie schlugen den Weg zum Bahnhof ein. Die Straße lag voll in der Sonne, und sie gingen daher ziemlich langsam.

»Nette, ordentliche Leute«, murmelte Jeanne. »Du hast Glück, solche Eltern zu haben...«

Er nickte.

»Stell dir mal vor, daß ich noch nicht mal weiß, was aus meiner Mutter geworden ist...«

»Ja, natürlich.«

Auf dem Bahnsteig standen nur wenige Menschen, und sie warteten geduldig auf die Ankunft des Zugs.

»Was meinst du, sollen wir nächsten Monat eine kleine Reise machen?« schlug Émile vor.

»Wohin?«

»Nach Italien zum Beispiel. Du kennst Italien noch nicht. Ich auch nicht... Ich hab keine Lust, den ganzen Urlaub über an ein und demselben Ort festzusitzen...«

»Wird das nicht zu teuer?«

»Auch nicht teurer als in Les Sables-d'Olonne... Es gibt organisierte Gruppenreisen, per Bus und im Flugzeug, aber ich mag das nicht...«

»Ich auch nicht...«

Bei ihrer Rückkehr in die Rue du Faubourg-Saint-Jacques stand schon wieder ein Umzugswagen vor dem Haus. Es war aber nicht der gleiche. Dieses Mal wurden auch keine Möbel eingeladen, sondern sie wurden herausgehoben und in den zweiten Stock hoch gebracht. Die Tür dieser Wohnung stand offen, und sie hörten auf dem Treppenabsatz die Stimmen eines Mannes und einer Frau, die nicht zu sehen waren.

Émile schlug dann einen Atlas auf. »Am sinnvollsten wäre es, mit Florenz anzufangen, dann weiter nach Rom, Venedig und Mailand ...«

»Laß mal sehen ...«

Sie waren beide über die Karte gebeugt, und das gab ihnen für einen Augenblick den Anschein von Vertrautheit. Émile wies mit dem Zeigefinger auf die geplante Route. Er saß am Tisch, sie stand neben ihm, und während sie sich vorbeugte, streifte ihre Brust sekundenlang seine Hand.

»Pardon ...«

Er hatte gar nichts gemerkt und fragte sich, wofür sie ihn um Verzeihung bat.

»Wenn wir noch Zeit übrig haben und es uns nicht zu heiß wird, können wir sogar noch nach Neapel und Sizilien ...«

Er brachte das alles mit gleichförmiger Stimme vor, ohne Erregung oder Begeisterung.

Jeanne hingegen hatte Feuer gefangen. »Wie lange möchtest du wegbleiben?«

»Drei Wochen? Einen Monat? Das hängt ja ganz von uns ab. Wenn es uns reicht, fahren wir heim ...«

»Glaubst du, wir finden immer ein Hotel?«

»Ach, letzten Endes findet man immer eins. Wir sind ja nicht mit Kind und Kegel unterwegs ...«

Er ging gleich in den nächsten Tagen zu einem Reisebüro am Boulevard Saint-Michel, wo er sich mit sämtlichen Faltblättern und Prospekten über Italien eindeckte. Es wurden häufig Kreuzfahrten angeboten, die zum Teil bis ans Schwarze Meer führten.

»So was können wir ein andermal machen ...«

Sein Chef, Paul Jodet, hatte in der Gegend von Deauville eine Villa gemietet, weil seine Frau zwar nicht die geringste Lust hatte, sich abzukapseln, andererseits aber auch nicht in den Touristenrummel geraten wollte. Ihre Söhne kamen nicht mit. Sie hatten zusammen mit zwei anderen Freunden eine Yacht gechartert, mit der sie Spanien umsegeln wollten, wobei jeder ein hübsches Mädchen mitnahm.

Das Ehepaar Virieu fuhr am 10. Juli ab. Émile hatte vorher noch seine Schwester besucht.

Sie war ihm nervös vorgekommen und schien abgenommen zu haben. Aber sie hatte ihm gegenüber nichts von dem Verhältnis ihres Mannes erwähnt. Sie wußten alle beide nicht, worüber sie reden sollten. Sie hatten sich noch nie besonders nah gestanden. Sie hatten auch nicht Freundschaft geschlossen, wie das bei Bruder und Schwester oft vorkommt.

»Und du? Ihr werdet ja wohl alle ans Meer fahren, oder?«

»Ich weiß noch nicht. Fernand hat das noch nicht angeschnitten ... Gut siehst du aus ...«

Er selbst fand, daß er seit dem letzten Sommer zugenommen hatte; im Alter würde er sicherlich in die Breite gehen wie seine Mutter.

Sie hatten Liegewagen genommen. Der Zug war voll. Sie kamen um zehn Uhr morgens in Florenz an, und die Stadt war schon um die Zeit ein Backofen. Dem Bahnhof gegenüber war ein Hotel; es sah aber schon von außen teuer aus.

Émile wandte sich an einen Angestellten von Cook's Reisebüro, der in Uniform und mit tressenbesetztem Képi gut sichtbar in der Bahnhofshalle stand.

»Pardon, Monsieur...«

»Kann ich Ihnen helfen?«

»Wissen Sie vielleicht ein sauberes Hotel, komfortabel, aber nicht zu teuer?«

»Haben Sie nicht reserviert? Sie hätten das bei einem unserer Pariser Büros tun sollen...« Er kramte herum und suchte in einer Vielzahl von Prospekten einen bestimmten heraus. »Versuchen Sie's da... Nicht weit vom Dom, ein praktisch ganz neues Haus...«

Émile angelte in der Tasche nach einem Schein, den er ihm in die Hand drückte. Ob das genug war? Oder war es zuviel?

»Wieviel hast du ihm gegeben?«

»Zehn Francs.«

Ihre beiden Koffer waren ziemlich schwer, und sie nahmen ein Taxi.

»›Albergo del Ponte Vecchio‹.«

Der Hotelportier saß an einem kleinen hellen Schreibtisch. Er zeigte sich überrascht, daß sie keine Reservierung hatten. Er sprach fließend Französisch. Er blätterte in seinem Register, nahm einen Schlüssel vom Schlüsselbrett und schickte einen rotlivrierten Pagen mit ihnen nach oben.

Der Aufzug hielt im dritten Stock. Ihr Zimmer hatte die Nummer 301. Die Fensterläden waren geschlossen, um die Hitze abzuhalten. Der Page öffnete sie.

Das Mobiliar war so neu, daß man dachte, es sei gerade eben angeliefert worden.

»Ist Ihnen das Zimmer recht?«

»Ja. Wenn Sie unsere Koffer raufbringen wollen ...«

Das Zimmer hatte glücklicherweise zwei Einzelbetten. Sie nahmen nacheinander eine kalte Dusche und gingen dann zum Mittagessen nach unten.

Sie entdeckten jetzt den Ponte Vecchio mit den Läden zu beiden Seiten. Am Nachmittag gingen sie aus und besuchten die Uffizien. Die Namen der Maler – Giotto, Botticelli, Ghirlandaio – waren Émile nicht unbekannt.

Er hatte früher einmal mehrere Werke über die Renaissance und das Leben berühmter Zeitgenossen aus dieser Epoche gelesen. Die Gemälde als solche beeindruckten ihn nicht sonderlich, aber er interessierte sich für das Leben der Maler und der Dargestellten.

Vor manchen Bildern hatten sich Gruppen von über dreißig Personen gebildet, und ein Führer gab jeweils in verschiedenen Sprachen Erläuterungen ab.

Wenn Jeanne Erklärungen in Französisch oder Englisch aufschnappte, hörte sie auch mit zu. Dann blätterte sie in dem illustrierten Katalog, den sie am Eingang gekauft hatten.

Sie besuchten auch den Dom und fütterten die Tauben auf dem Platz.

Nach zwei Stunden brannten Émile die Füße.

»Sollen wir ins Hotel zurück?«

»Bist du müde?«

»Die Füße tun mir weh ...«

In dem ganzen Durcheinander – der Menschenmenge, den Bussen voller Touristen, die sich im Schrittempo vorwärtsschoben – fanden sie nicht gleich den Weg zurück.

»Morgen müssen wir nach Fiesole. Da ist ein Kloster, in dem Fra Angelico gelebt hat; ein paar Mönche sind auch heute noch da. Von dort oben soll man einen Blick über die ganze Stadt und einen Teil der Toskana haben...«

In seiner Stimme schwang keinerlei Begeisterung mit. Er hätte im gleichen Ton auch von seinen schmerzenden Füßen gesprochen.

Jeanne dagegen war unermüdlich.

»Du solltest einen Stadtführer kaufen. Damit wir heute abend etwas über die Stadt und ihre Sehenswürdigkeiten lesen können.«

Sie entdeckten schließlich eine Buchhandlung, und Émile kaufte zwei Exemplare. Auf die Art hatte jeder sein eigenes.

Als sie ihr Zimmer erreichten, spürte er einen scharfen Schmerz im unteren Schädelbereich, und er wußte, daß das der Auftakt zu seinen Migräneanfällen war. Er beklagte sich nicht darüber. Er war daran gewöhnt. Er nahm sein Medikament, zog die Schuhe aus und legte sich aufs Bett.

»Geht's dir nicht gut?«

»Ein wenig Kopfschmerzen...«

»Deine Anfälle?«

»Ich weiß noch nicht...«

Er sah sie an, wie sie in ihrem geblümten Kleid im Zimmer stand, und fragte sich, was sie eigentlich hier bei ihm verloren hatte. Da war nicht die geringste Vertrautheit zwischen ihnen, auch kein kameradschaftlicher Zusammenhalt. Seit soundso vielen Jahren führten sie nun Seite an Seite das gleiche Leben, ohne sich auch nur gegenseitig zu kennen.

Ob es anderen auch so ging? Der Mann von Géraldine hatte ihr drei Kinder gemacht. Sie hatten sie gemeinsam großgezogen. Die beiden waren knapp über vierzig, und da setzte er sich eine Scheidung in den Kopf, weil er einer jüngeren und attraktiveren Frau begegnet war. Bedeutete das, daß sie sich auch nie richtig verstanden hatten?

Oder zum Beispiel die Mutter von Jeanne, die ihr Kind praktisch an ihre Schwester abgetreten hatte, um ihrem Liebhaber in die Vereinigten Staaten nachzureisen ...

Er war nicht traurig. Um richtig traurig zu sein, mußte man ja doch wohl auch schon mal fröhlich gewesen sein ... Und das war er noch nie gewesen. Er lachte nicht, und er beklagte sich auch nicht. Er führte das Leben, das er sich gewünscht hatte. Die Reise hatte kaum begonnen, und er freute sich schon auf den Augenblick, in dem er wieder in seinem Glaskäfig war und den Geruch von geschmolzenem Blei und dem warmen Öl der Druckerpressen um sich hatte.

Sie blieben vier Tage in Florenz, und die ganze Zeit über ließ ihn der Kopfschmerz nicht los.

Als er einmal einen Arzt zu Rate gezogen hatte, hatte der ihn stirnrunzelnd angesehen, ihn untersucht und ihm ohne weitere Erklärung ein Rezept ausgeschrieben.

Für die Weiterfahrt nach Rom nahmen sie den Bus über die Autostrada del Sole. Um sie herum wurden die verschiedensten Sprachen gesprochen, und auch hier gab es einen Reiseleiter, der sie auf die interessantesten an der Route gelegenen Stätten hinwies.

Ein junges Mädchen in ihrer Nähe machte sich Stenonotizen, und ein Mann mit rotgeädertem Gesicht führte von Zeit zu Zeit einen silbernen Flachmann an die Lippen, der wahrscheinlich Cognac oder Whisky enthielt.

Fast alle Männer saßen in Hemdsärmeln da, und unter den Achseln hatten sich große Schweißränder gebildet.

Bevor sie Florenz verließen, war Émile wohlweislich zum Bahnhof gegangen und hatte den Cook's-Angestellten um eine Hoteladresse in Rom gebeten.

Das Hotel war nicht luxuriös, aber doch komfortabel. Sein einziger Mangel bestand darin, daß die Zimmer auf einen Platz hinausgingen, auf dem laut hupende Autos, so schien es, pausenlos im Kreis fuhren.

Auch hier kauften sie einen Stadtführer. Sie besichtigten fast alle Sehenswürdigkeiten. Das Teuerste waren die Taxis. Hier war es noch heißer als in Florenz, und sie machten an fast jedem Brunnen Halt, der an ihrem Weg lag.

»Was macht dein Kopf?«

»Etwas besser ...«

Er sagte aber nicht dazu, daß ihm von der Sonne schwindlig wurde und daß er sich beim Überqueren der verkehrsreichen und verstopften Straßen unsicher fühlte. Es hätte nicht viel gefehlt, und er hätte sich bei Jeanne untergehakt. Aber hätte er sich damit nicht unmöglich gemacht?

In den Restaurants gaben sie ihre Bestellung auf,

ohne immer so recht zu wissen, was man ihnen bringen würde. Glücklicherweise verstanden viele Kellner Englisch, und dann bestellte Jeanne das Menü.

»Gehen wir nach Neapel?«

»Warum nicht?« sagte er wie zum Trotz. *Nun gerade!*

War der Vorschlag zu dieser Reise nicht von ihm gekommen? Er wollte nicht weniger tüchtig als sie sein. Sein Kopf war bereits vollgepackt mit allen möglichen Bildern, die einander den Platz wegnahmen und teils dunkel und im Hintergrund dalagen, teils in blendend helles Licht getaucht waren.

Sie gingen nach Pompei. Durch die Straßen der ausgegrabenen Stadt schob sich eine wahre Prozession – Menschen aus aller Herren Länder. Man mußte sich einfach mitschieben lassen. Nur ganz gelegentlich war es möglich, einmal stehenzubleiben.

In Rom war es heißer gewesen als in Florenz.

In Neapel war es heißer als in Rom.

Wozu noch Palermo? Das hätte einen langen Umweg bedeutet, und die Hitze war bestimmt unerträglich.

Am vierten Tag stiegen sie in den Nachtzug nach Venedig.

## 3

Ihr Hotel lag an einem kleinen Platz, seitlich begrenzt von einem Kanal mit stehendem und übelriechendem Wasser. Plätze wie diesen entdeckte er nahezu überall in der Stadt, und es gehörten rosa oder rot getünchte Häuserfronten dazu. Seiner Erinnerung nach überwog das Rot.

Da waren Straßen, die noch nicht einmal eine Fahrzeugbreite hatten, in denen es kühl war und die plötzlich auf den Markusplatz mündeten, wo Hunderte von Männern ohne Jackett, Frauen in hellen Kleidern oder Shorts und kleine Mädchen und Jungen sich gegenseitig zusahen.

Die Männer hatten fast alle einen Fotoapparat oder eine Filmkamera vor dem Bauch. Die Leute achteten nicht auf ihn, so daß er sie mustern konnte.

Er kam aus dem Staunen nicht heraus. Diese Menschen waren seinesgleichen, und doch erkannte er sich in ihnen nicht wieder. Mehr noch, er betrachtete sie als seine Feinde. Er verübelte es ihnen, daß sie da waren, daß sie sie selbst waren, daß sie sich anders verhielten als er, daß sie lächelten und lachten, daß sie diese Kulisse und die Sonne, die Geräusche und die Bilder mit allen Poren in sich aufnahmen.

Sie blieben fünf Tage in Venedig. Sie sahen sich alles an, was es zu sehen gab, immer umgeben von einer

Menschenhorde. Zum Schluß ging Virieu einfach immer geradeaus, unsicher und taumelnd wie ein Schlafwandler.

Jeanne folgte ihm. Sie brachte es fertig, ihn nicht ein einziges Mal in der Menge zu verlieren, was eine Art Glanzleistung war.

Sie klagte nicht über Müdigkeit. Ihr taten die Füße nicht weh, und sie litt nicht unter der Hitze.

Sie machten eine Gondelfahrt, bei der sie unter sehr vielen Brücken hindurchglitten und auf ein paar breitere Kanäle hinauskamen, auf denen Motorboote haarscharf an ihnen vorbeiflitzten und die Gondel zum Schaukeln brachten.

Als sie endlich im Zug nach Paris saßen, ließ er sich erleichtert auf seinen Sitz fallen.

»Hast du Kopfschmerzen?«

»Nein ...«

Er hätte genausogut ja sagen können. Es war kein akuter, heftiger Schmerz, sondern eher ein latent bohrendes Gefühl, das ihn seit Florenz nicht mehr verlassen hatte. Er war sich noch selten im Leben so einsam vorgekommen.

Er war überall fremd. Aber war er das in Paris nicht auch? Sogar in seiner eigenen Wohnung?

Gewiß, es war nicht *seine* Wohnung. Es war die von Jeannes erstem Mann. Er hatte das Mobiliar eines anderen um sich, er lebte in einer Umgebung, die sich ein anderer in Erwartung eines langen Lebens geschaffen hatte. Ihm gehörte eigentlich nur das eine der Einzelbetten, das rechte. Das Fernsehgerät hatten Jeanne und er je zur Hälfte bezahlt. Die Spülmaschine auch.

Sie kamen um elf Uhr abends in der Gare de Lyon an, nahmen ein Taxi und atmeten beim Anblick der fast leeren Rue du Faubourg-Saint-Jacques erleichtert auf.

Als sie auf ihrem Treppenabsatz ankamen, hörten sie Musik und Stimmen. Es kam aus der Wohnung der neuen Nachbarn, die den Fernseher laufen hatten.

Auch das setzte ihm zu. Alles, was neu war, setzte ihm zu; es war, als ob sich die ganze Welt gegen ihn verschworen hätte.

Er wußte, daß das nicht stimmte, aber diese Vorstellung war ihm nicht unangenehm, ebensowenig wie die von seiner Einsamkeit. Er war anders als die anderen, und er bildete sich bis zu einem gewissen Grad etwas darauf ein.

»Bist du zufrieden mit deiner Reise?«

Sie sagte nicht: ›Unsere Reise ...‹

Er bejahte, um sie nicht zu kränken. Und vielleicht stimmte es sogar, zumindest teilweise.

Er hatte noch fünf Tage Urlaub. Den nächsten Tag fing er damit an, daß er bis zehn Uhr im Bett blieb, während aus dem Wohnzimmer schon Schreibmaschinengeklapper kam.

Er hatte Lust, herumzutrödeln, einfach aus Spaß am Nichtstun, an nichts zu denken, sich in eine Art Nebel einsinken zu lassen. Nach dem Duschen hätte er beinahe den Pyjama wieder angezogen und darüber den Morgenmantel, aber das hatte er noch nie getan, und er wagte nicht, einen Präzedenzfall zu schaffen. Er zog sich an, ließ die Jacke aber weg.

Das Telefon schellte. Er ging zum Apparat.

»Hallo ... Ja, am Apparat.«

»Hier Fernand ...«

Konnte ja nur der Mann seiner Schwester sein, weil er sonst keinen Fernand kannte.

»Ich hab mehrmals bei dir angerufen die letzten Tage. Ich wußte nicht recht, wann du zurück bist ...«

Lamark hatte ihn als erster geduzt, und Émile blieb nichts anderes übrig, als mitzuspielen. Das ging ihm nicht leicht über die Lippen, weil er immer eher auf Distanz blieb. In seinen Augen war Fernand Lamark ein Fremder, der seine Schwester geheiratet hatte.

»Habt ihr eine angenehme Reise gehabt?«

»Ja.«

»War's sehr heiß?«

»Doch, ja ... Vor allem in Neapel.«

»Seid ihr auch in Venedig gewesen?«

»Ja.«

»Meine Frau hat dir ja wohl was gesagt vor eurer Abreise, oder?«

»Wovon?«

»Von ihr und von mir ...«

»Sie hat mir gesagt, daß es nicht zum besten steht mit euch beiden ...«

»Also, ich ... Ich möchte auch mit dir reden. Könnten wir uns heut nachmittag irgendwo treffen?«

»Komm doch hier bei mir vorbei ...«

»Anderswo wär's mir lieber. Wenn deine Frau dabei ist, das erschwert die Sache für mich.«

»Wo soll ich dich treffen?«

»Kennst du ›Le Coq d'Or‹, die Brasserie am Boulevard Montparnasse?«

»Ja, ich hab im Vorbeigehen den Namen des Lokals gesehen.«

»Vier Uhr, paßt dir das?«

»Gut.«

Er mochte seinen Schwager nicht. Allerdings mochte er ja niemand. Das heißt, mit Jeanne verband ihn wohl eine nicht genau definierbare Kameradschaft...

»Es war Fernand«, sagte er. »Er will sich heute nachmittag mit mir treffen...«

»Glaubst du, sie lassen sich scheiden?«

»Keine Ahnung. Das geht mich nichts an.«

Er ging in der Nähe ihrer Wohnung spazieren und blieb ein paarmal an einem der Gemüse- und Obstkarren stehen, um den Duft einzuatmen. Es hätte ihm richtig Spaß gemacht, wenn da nicht diese ganzen Weiber gewesen wären, von denen die meisten ihn anstarrten.

Auch sie waren seine Feinde. Ist die Masse Mensch nicht der Feind des einzelnen, des Einsamen?

Der Einsame, das war er, und die anderen spürten das. Er hatte nicht den gleichen Blick wie sie, nicht das gleiche Auftreten. Er lebte für sich in seiner Welt, und in seinen Augen waren die anderen nur Schattenfiguren.

Das Mittagessen war fertig, als er heimkam, und sie setzten sich wie immer einander gegenüber.

»Die Kleine von gegenüber ist Salz borgen gekommen...«

Er wußte nicht, wovon die Rede war. Dann fielen ihm die neuen Nachbarn ein.

»Sie haben gerade erst fertig ausgepackt, und vor lauter Aufregung hat sie das Salz vergessen. Und sich eigens deswegen anzuziehen und wegzugehen, dazu war sie zu kaputt... Sie sieht sehr jung aus, und sie hat einen starken Elsässer Akzent...«

Ihm konnte das Salz mitsamt Akzent gestohlen bleiben. Er war kurz versucht, einen Mittagsschlaf zu halten, aber das wäre eine Abweichung von seinen Gewohnheiten gewesen, und er vermied nach Möglichkeit alles, was neu für ihn war.

Er hätte sich lächerlich gemacht, wenn er seinem Impuls nachgegeben hätte und in die Rue du Saint-Gothard gegangen wäre, um sich einen Moment in seinen Glaskäfig zu setzen. Er hatte Ferien und in der Druckerei nichts zu suchen. Seine Gedanken gingen zu den Menschenmassen in den Zügen, den Flugzeugen, den Hotels und an den Stränden, wo sich Tausende von Menschenleibern drängten.

Paris war fast menschenleer, zumindest in ihrer Gegend, wo es keine touristischen Sehenswürdigkeiten gab.

Er setzte sich in ein Café, trank Mineralwasser und wartete, bis es Zeit war. Dann machte er sich auf den Weg und verwünschte innerlich seinen Schwager, der ihm den Nachmittag verdarb.

Der Speisesaal im ›Coq d'Or‹ war sehr groß und an den Wänden entlang in Nischen unterteilt, etwa in der Art von Theaterlogen. Er entdeckte sofort Fernand, der ihm aus einer dieser Nischen zuwinkte.

Er wirkte angeschlagen. Er hatte eine Fahne, und sein Blick war leicht glasig.

»Nett, daß du gekommen bist... Setz dich... Was trinkst du?«

»Ein Bier ...«

»Garçon! Ein Bier und einen doppelten Whisky.« Er wartete, bis die Getränke serviert waren. »Wie geht's Jeanne?« erkundigte er sich.

»Danke, sehr gut ...«

Émile wußte, daß sich die anderen über ihn mokiert hatten, als er Jeanne geheiratet hatte. ›Was Häßlicheres hat er wohl nicht auftreiben können‹, mochten sie gesagt haben. Und jemand hatte vielleicht noch eins draufgesetzt: ›Na, wenigstens passen sie zueinander ... Da kann man nur hoffen, daß sie keine Kinder machen ...‹

»Géraldine wird dir ja gesagt haben, daß ich mich scheiden lassen will?«

»Sie hat mal so was erwähnt, ja.«

»Es stimmt. Zwanzig Jahre ist das jetzt her, da war ich mal in deine Schwester verliebt ... Wir waren beide jung ... Sie hatte so was Kindliches an sich, das hat mir gefallen, etwas Puppenhaftes ...« Er lachte höhnisch auf. »Aber jetzt hat die Puppe Falten und kann sich nichts Schöneres vorstellen, als abends zu Hause zu hocken ... Und gerade das geht in meinem Beruf nicht. Ich muß ausgehen, muß unter die Leute ...«

Émile sah ihn gleichmütig an. Fernand, der nicht mehr ganz nüchtern war, merkte nicht, daß Émile ihn kaum wahrnahm.

»Auf dein Wohl! – Also, nur ein Beispiel: Stell dir vor, ich brauch bloß einen Whisky zu bestellen, und schon macht sie mir eine Szene ... Früher, da hat sie feste mitgetrunken. Es ist mehr als einmal passiert, daß ich sie ausziehen und ins Bett bringen mußte ... Und damals war sie diejenige, die mich zum Ausgehen gedrängt hat.«

Was hätte Émile darauf antworten sollen?

»Die Kinder sind jetzt groß und stehen auf eigenen Füßen. Hab ich da nicht das Recht, auch mal an mich zu denken? Mein ganzes Leben lang hab ich geschuftet... Allen vieren hab ich ein schönes und sorgloses Leben geboten...« Der Whisky tat seine Wirkung, Fernands Sprache wurde verschliffen. »Wenn man so jung heiratet, dann weiß man nicht, was zwanzig Jahre später ist... Man weiß noch nicht mal, wie man dann aussieht...

Und deine Schwester, die ist man grade eben noch ansehnlich. Ich dagegen, ich fühl mich in Hochform...«

Émile sah ihn immer noch an, ohne einen Kommentar abzugeben.

»Ich hab Géraldine wirklich gern gehabt, aber die große Liebe war's nie... Jetzt aber weiß ich, was das ist, die große Liebe, seit ein paar Monaten... Ich weiß nicht, ob du das weißt, was das ist...«

»Nein.«

»Sie heißt Lise Bourdet und ist knapp dreißig. Eine der besten Kolleginnen in dem Schuppen, für den ich arbeite... Ich seh sie also täglich, wenn wir auch nicht im gleichen Büro sind... Na, und was glaubst du – morgens steh ich vor dem Haus, in dem unsere Firma ist, und ich wart drauf, daß ich ihren kleinen gelben Wagen kommen seh... Und wenn's soweit ist, dann tut mein Herz einen Sprung, und meine Finger zittern... Hab ich das Gefühl, sie ist müde oder hat Sorgen, dann läßt es mir keine Ruhe, und ich frag sie ängstlich aus ... Ich weiß, daß es lächerlich ist, aber ich kann nicht anders. ›Ich bin wie immer, Fernand‹, sagt sie dann zum Beispiel. ›Vielleicht ist mein Make-up nicht ganz so gut wie sonst ...‹ Verstehst du das?«

»Nein.«

Daß er, Émile, ängstlich in Jeannes Gesicht nach Anzeichen von Müdigkeit oder Sorgen forschte, konnte er sich nicht vorstellen. Sie war so, wie sie war, fertig. Er akzeptierte sie so, auch wenn sich ihr Aussehen mit dem Alter nicht verbessert hatte.

»Zehnmal, zwanzigmal am Tag geh ich unter einem Vorwand zu ihr ins Büro. Sie lacht. Sie sagt mir auch, daß sich die anderen über mich lustig machen, aber das ist mir egal. Ich muß einfach bei ihr sein. Ich möchte sie anfassen, immer, ich muß mich vergewissern, daß sie wirklich da ist, daß sie es ist, daß sie mir gehört ... Selbst wenn ich die Nacht über bei ihr war, kommen mir morgens Zweifel an ihrer Liebe. Daß das alles wahr ist ... Mir kommt das fast unmöglich vor! Schau mich nicht so an, Émile. Ich muß dir das alles erzählen, sonst würdest du mich nicht verstehen ... Géraldine hat natürlich sofort Bescheid gewußt. Ich hab ja nicht zum ersten Mal ein Verhältnis. So 'ne Affäre, die hat manchmal drei Tage gedauert und ein andermal drei bis vier Wochen, aber das war selten ... Géraldine hat sich vorgestellt, daß es diesmal halt vier Wochen dauert. Dann hat sie gesehen, daß es nicht aufhört. Ich hab mich wie ein Tier im Käfig gefühlt in unserer Wohnung, ich hatte die größte Lust, den Fernseher zusammenzuschlagen, den sie dauernd angestarrt hat. Es hat Momente gegeben, da hätt ich überhaupt alles kurz und klein hauen können ... Wenn ich mir einen Drink gemixt hab, hat sie mich angewidert angesehen. Und dann hat sich einer unserer liebevollen Dialoge entsponnen:

›Hör zu, Géraldine, ich muß dir was ganz Wichtiges sagen ...‹

›Erst, wenn du nicht mehr in dem Zustand bist ...‹

›Ich bin völlig klar im Kopf, und ich weiß, was ich sage. Ich respektiere dich. Du bist zwanzig Jahre lang meine Frau gewesen und hast mir drei Kinder geboren ...‹

›Könntest du vielleicht die Kinder aus dem Spiel lassen, ja?‹

›Sich zu verlieben ist keine Schande ... Die Kinder werden sich meiner nie schämen müssen ... Ich respektiere dich, und ich will dich nicht mehr hintergehen, indem ich hier schlafe, wo ich doch aus dem Bett einer anderen komme ...‹

›Jetzt reicht's!‹

›Wir müssen uns vernünftig und wie erwachsene Menschen arrangieren und nüchtern überlegen, was zu tun ist ...‹

›Geh schlafen ... Für heute reicht's wirklich ...‹«

Fernand kippte den restlichen Whisky hinunter und wandte sich Émile zu.

»Das sind so ihre Entgegnungen ... Und wenn ich das Wort ›Scheidung‹ ausspreche, ist es noch schlimmer. Sie geht hin und schließt sich im Schlafzimmer ein. Innerhalb von zehn Tagen hab ich zweimal auf dem Sofa im Wohnzimmer schlafen müssen, und meine Tochter Marie-Louise wollte wissen, was ich da zu suchen habe ... Garçon! Noch mal das gleiche!«

»Für mich nicht ...«

»Für ihn nicht ...«

Er schloß einen Moment die Augen. Man hätte meinen können, er würde im nächsten Moment einschlafen. Die Brasserie war um diese Zeit fast leer, und die Gäste saßen fast alle draußen auf der Terrasse im Schatten der orangefarbenen Markise.

»Selbst wenn ich sie dazu bringe, daß sie einwilligt, selbst dann wird's nicht einfach wegen dem Unterhalt für sie und die Kinder. Weil ich ihr ja die Kinder lasse. Sie bekommt ohnehin automatisch das Sorgerecht. Ich will die Kinder nur regelmäßig sehen, das ist alles, was ich verlange ...«

Er trank, hustete und hatte feuchte Augen.

»Du mußt genug auf der hohen Kante haben – du verdienst gut, deine Frau auch, und ihr habt keinen aufwendigen Lebensstil ...«

Émile saß stocksteif da und gab keine Antwort.

»Also ich, ich hab immer ein dickes Monatseinkommen gehabt, aber wir haben gleich alles wieder ausgegeben. *Les Glaïeuls*, unser Häuschen im Chevreuse-Tal, haben mich 'ne schöne Stange Geld gekostet. Mein Wagen ist fast zwanzigtausend Francs wert. Das Ausgehen abends war teuer, daheim Gäste empfangen ebenso ... In meiner Position mußte ich auch drauf achten, daß meine Frau schick angezogen war ... Irgendwie ist man dann auch so naiv und denkt, es geht immer alles so weiter ...«

Es war kühl hier drinnen in dem großen Raum mit den bis weit hinauf getäfelten Wänden. Der Wirt stand mit auf den Rücken gefalteten Händen inmitten der Tische und überwachte das Kommen und Gehen der Kellner.

Émile wußte schon, was das Ende vom Lied sein würde, brachte aber nicht genug Schneid auf, dem anderen in die Parade zu fahren.

»Du kannst das nicht verstehen, wie sehr ich sie liebe ... Ich weiß nicht, ob ich dir wünschen soll, daß es dir auch so geht ... Es ist wundervoll und furchtbar zugleich ... Die ganze Welt wird belanglos ... Wenn mir einer sagte, du mußt dich nach einem Jahr mit ihr umbringen, ich würde nicht einen Moment zögern und ... Aber hör zu, du mußt mit deiner Schwester reden, ihr den Rat geben, vernünftig zu sein ... Sie hört auf dich.«

»Nein.«

»Was willst du damit sagen?«

»Daß Géraldine noch nie auf mich gehört hat. Daß sie mich für einen Hampelmann hält, einen, der's zu nichts gebracht hat und nicht ganz normal ist.«

»Und trotzdem bist du der einzige, an dem sie einen Halt haben könnte ...«

»Sie braucht keinen Halt ...«

»Soll das bedeuten, daß sie stark ist?«

»Ja.«

»Und wenn ich dich sehr drum bitte, doch zu ihr zu gehen und ...«

»Nur unter der Bedingung, daß ich ihr keine Ratschläge geben soll.«

»Sie kann die Wohnung und die Möbel behalten. Wenn sie Wert darauf legt, kann sie auch den Wagen haben ... *Les Glaïeuls* ebenfalls. Mit anderen Worten, ich will überhaupt nichts für mich behalten ... Ich will außer dem, was ich gerade auf dem Leib habe, praktisch nur ein paar persönliche Dinge mitnehmen ... Lise ist das egal. Meine finanziellen Verhältnisse interessieren sie nicht.«

Virieu saß immer noch da, ohne mit der Wimper zu zucken. In seinen Augen spielte Fernand ihm da eine Art Komödie vor. Er wollte seinem Schwager gern glauben, daß er sich verliebt hatte. Aber was bedeutete das überhaupt – verliebt? Und steigerte er sich nicht bewußt in etwas hinein? Wie sah es zum Beispiel in sechs Monaten mit ihm aus? In sechs Jahren? Émile wollte jetzt diesen Geständnissen, die er als unziemlich empfand, möglichst schnell ein Ende bereiten.

»In den ersten Monaten wird es mir schwerfallen, für zwei Haushalte aufzukommen«, fuhr Fernand fort. »Weil ich natürlich Lise nicht auf der Tasche liegen will ... Aber mit etwa zehntausend Francs, sagen wir mal, könnte ich die Kurve kriegen.«

Émiles Gesichtsausdruck war starr, sein Blick völlig ausdruckslos.

»Kannst du mir das leihen?«

»Nein.«

Es war ein trockenes und kategorisches Nein, das Fernand immerhin beeindruckte.

»Bist du sicher? Du hast doch bestimmt Geld auf die Seite gelegt. Ich würde dir ebenso viel Zinsen bezahlen wie die Bank ...«

»Es geht nicht.«

»Warum?«

»Weil ich noch nie Geld verliehen habe und auch nie welches verleihen werde ...«

»Und wenn dich deine Schwester darum bitten würde?«

»Dann würde ich ihr die gleiche Antwort geben.«

Fernand seufzte und schüttete mit zittriger Hand den restlichen Whisky hinunter. »Tja«, meinte er, »dann muß ich das wohl woanders auftreiben... Ich hatte halt zuerst an dich gedacht...«

Émile gab keine Antwort. Das Gesicht seines Schwagers war hochrot.

»Du gehst aber trotzdem zu meiner Frau?«

»Ich habe bereits ja gesagt.«

»Du verachtest mich, nicht wahr?«

»Nein. Ich verachte niemand.«

»Und, was denkst du von mir?«

»Gar nichts.«

»Du bist ungefähr so alt wie ich; was mir passiert ist, könnte dir auch passieren, morgen, übermorgen... Dann wüßtest du, was das ist, Leidenschaft...«

»Ich laß es drauf ankommen.«

Émile stand auf. Er war es leid. Er mußte raus ins Freie, an die frische Luft, und wenn's in die pralle Sonne war.

»Auf Wiedersehen, Fernand...«

»Trotzdem schönen Dank...«

Sein Schwager blieb zusammengesunken auf der Bank zurück und rief den Kellner. Um die Rechnung zu verlangen? Oder um noch ein Glas zu bestellen?

Wenn er mit dem Wagen gekommen war, dürfte es ihm schwerfallen, heil nach Haus zu kommen. Wenn er zu Fuß war, dann benutzte er für den Heimweg bestimmt die Metro. Denn daß er in dem Zustand, in dem er war, in sein Büro in den Champs-Elysées ging, war nicht gerade ratsam.

Émile hatte kein Mitleid mit ihm. Er verlangte selber kein Mitleid, und er hatte auch für niemanden welches übrig.

Er machte sich langsam, um nicht ins Schwitzen zu kommen, auf den Heimweg. Er würde morgen vormittag zu seiner Schwester gehen, damit er es hinter sich hatte. Für sie und sicherlich auch für Fernand war die Sache eine Katastrophe. Diese Lise, die sie – wohl unabsichtlich – herbeigeführt hatte, kannte er nicht.

Alles Emotionale bedeutete ihm nichts. Ob Mann, ob Frau, ob Leidenschaft oder Liebe, alles bedeutete ihm nichts. Er liebte niemand.

Jeanne saß an ihrer Schreibmaschine, als er heimkam, und sie wandte sich nach ihm um.

»Schlechte Nachrichten?«

»Ja und nein. Fernand will sich scheiden lassen. Meine Schwester will das offenbar nicht einfach hinnehmen. Aber das bringt sie nicht weiter, wenn sie sich darauf versteift, mit einem Mann leben zu wollen, der sie schon bald hassen wird.«

»Hast du dich auch mit deiner Schwester getroffen?«

»Nein, ich sehe sie morgen.« Er ging sofort zum Telefon. »Hallo – Géraldine?«

»Nein, hier ist Marie-Lou ... Ich ruf die Mama ... Sie sind Onkel Émile, ja?«

»Ja.«

»Ein Augenblick ... Mama! Für dich! Onkel Émile ist am Apparat!«

Géraldine war offenbar in einem anderen Raum, denn Marie-Lou mußte ziemlich schreien.

»Wie geht's dir?« fragte er ganz automatisch.

»Gut. Und dir?«

Ihre Stimme war matt, aber sie hatte sich offensichtlich in der Gewalt.

»Kann ich dich besuchen kommen?«

»Hat Fernand dich angerufen?«

»Ja.«

»Hast du ihn getroffen?«

»Ich komme gerade von ihm.«

»Er hat dir was vorgejammert und von seiner großen Leidenschaft geredet, was?«

»Könnte ich morgen vormittag mal bei dir vorbeikommen, sagen wir um halb elf?«

»Aber nicht später – um halb zwölf hab ich einen Termin mit meinem Anwalt...«

»Dann um zehn?«

»Ja, gut.«

Das war nicht der Tonfall einer in Tränen aufgelösten Frau. Sie hatte immer gewußt, was sie wollte, trotz ihrer scheinbaren Zerbrechlichkeit.

»Hat *er* dich gebeten, dich mit mir zu treffen?«

»Ich wäre ohnehin gekommen. Und dir was von ihm auszurichten, wie er es sich vorgestellt hatte, das hab ich abgelehnt.«

»Natürlich wegen der Scheidung?«

»Ja.«

»Habt ihr 'n schönen Urlaub gehabt?«

»Doch, ja...«

»War's nicht furchtbar heiß?«

»Doch, vor allem in Neapel ... Bis morgen also.«

Es machte ihm nichts aus, vor Jeanne seine Familienangelegenheiten zu besprechen. Aber er machte sich auch nicht die Mühe, ihr die entsprechenden Zusammenhänge zu erklären. Durch seine Heirat hatte er in ihr einen Zuschauer und Zuhörer bekommen.

Sie war fast die ganze Zeit über, die er nicht in seinem Glaskäfig verbrachte, mit ihm zusammen. Sie sah ihn morgens im Bett. Tag für Tag wußte sie, in welcher Stimmung er war.

Trotzdem vertraute er sich ihr nicht an. Es war kein Mißtrauen. Es lag einfach daran, daß er kein Bedürfnis danach hatte.

Auch ihr gegenüber antwortete er manchmal nur mit Ja oder mit Nein. Er hatte eine Art, etwas kurz und bündig zu bejahen oder zu verneinen, daß sein jeweiliges Gegenüber, falls es nicht schon daran gewöhnt war, ihn verwundert und nicht ohne ein gewisses Unbehagen musterte.

Wozu denn viel herumreden? Die Leute waren es nicht wert. Meistens verstanden sie doch nichts.

»Ich soll dich wohl nicht begleiten, oder?« fragte Jeanne, die immer noch vor der Maschine saß.

»Nein.« Seine beliebteste Antwort.

Er las in dem Buch über Venedig, das er da unten gekauft und an Ort und Stelle nur zerstreut durchgeblättert hatte. Für ihn war zu dem Zeitpunkt die Reise bereits zu Ende gewesen, und beinahe wäre er noch nicht einmal in eine Gondel gestiegen.

Sie aßen kalt, was sie an Sommerabenden öfters taten. Sie machten im Wohnzimmer die beiden Fenster auf und spürten, wie die Luft ihnen übers Gesicht fächelte.

Danach stellten sie das Fernsehgerät an und sahen sich ein Boulevardstück an.

»Deine Schwester kann doch noch mal neu anfangen...«

Es war gar nicht nötig, daß er sie einweihte; sie hatte auch so begriffen. Und sie hatte sich auch nur zurückhaltend zu der Sache geäußert. Sie gab ihm auf diesem Umweg ihre Bereitschaft zu verstehen, ihm nahe zu sein.

Das sollte bedeuten: ›Ich bin da. Wenn du das Bedürfnis hast, zu reden – bitte, ich hör dir zu. Ich bin in stärkerem Maß deine Frau, als du denkst, oder auch deine Freundin, wenn dir das lieber ist...‹

Er war es zufrieden, daß er sie geheiratet hatte. Sie hätte im Lauf der Zeit ja auch unerträglich werden und versuchen können, in seinem Leben mehr Platz zu beanspruchen.

Für ihn lief das gut so. Sie war anwesend, und das war genug für ihn.

»Gute Nacht, Émile.«

»Gute Nacht, Jeanne.«

Er dachte ungefähr zehn Minuten über seine Schwester nach, dann schlief er ein und erwachte erst am nächsten Morgen beim Geklapper der Schreibmaschine.

Er nahm die Metro bis zum Boulevard Diderot und läutete bei seiner Schwester.

Das Hausmädchen machte gerade den Salon, und Géraldine sagte daher:

»Komm mit ins Schlafzimmer, da stört uns der Staubsauger nicht.«

Die beiden Betten waren noch nicht gemacht, und Émile fand es schockierend, so unvermittelt dem Intimleben eines Ehepaares ausgesetzt zu sein; selbst eines Paares, wie es seine Schwester und sein Schwager waren.

»Ich frag dich gar nicht danach, was Fernand dir gesagt hat. Ich kenn seine Klagelieder schon auswendig. Er ist kein übler Bursche, weißt du. Er ist halt nur ein verzogenes Kind geblieben, und er ist so egoistisch, wie Kinder eben sind ... Bei ihm soll immer alles nach seinen Wünschen gehen, und zwar sofort. Andernfalls ist er imstande und stampft mit dem Fuß auf den Boden ... Begabt ist er schon; ich will ihn hier ja nicht schlechtmachen. Und nach unserer Heirat hat er ungefähr zwei Jahre lang keine andere Frau angesehen. Dann hatte er eine Affäre mit einer jungen Malayin, die eine Zeitlang mit in der Werbeagentur war ... ›Keine Angst‹, hat er zu mir gesagt. ›Das hat nichts zu bedeuten. In drei oder vier Tagen hab ich mit ihr Schluß gemacht‹ ... Und das stimmte. Dann sind im Lauf der Jahre weitere Abenteuer dazugekommen, das längste hat einen Monat gedauert. In diesen vier Wochen ist er zweimal nachts nicht nach Hause gekommen, und wenn er morgens zum Rasieren auftauchte, hat er mich mit der Miene eines geprügelten Hundes um Verzeihung gebeten ... Du siehst also, ich weiß Bescheid über ihn.«

»Ja ...« Was hätte Émile anderes sagen sollen?

»Aber diesmal ist es was Ernsteres. Seit drei Monaten haben sie jetzt ein Verhältnis. Und er kommt nur selten zu den Mahlzeiten nach Haus. Und dann, was ich von den Kindern zu hören kriege:

›Glaubst du wirklich, daß Papa die ganze Zeit über arbeitet, sogar nachts?‹ fragen sie mich.

›Na, denkste!‹ hat Patrick gebrummt, der die beiden in einem Nachtlokal in Saint-Germain-des-Prés gesehen hat.

›Glaubst du, er kommt wieder, für dauernd?‹ hat Marie-Lou gefragt.

Und ich hab ihnen gesagt, daß ich es nicht weiß – ich hab's damals nicht gewußt, und ich weiß es heut noch nicht. Bei ihm kann man das nie wissen ...«

Émile sah sie mit seinen ausdruckslosen Augen an.

»Hat er dir gegenüber was gesagt, daß er vielleicht zurückkommt?«

»Nein.«

»Hältst du das für möglich?«

»Nein.«

»Er kann die Scheidung nicht ohne meine Einwilligung bekommen. Und aus dem Grund treff ich mich nachher auch mit einem befreundeten Anwalt. Er kennt uns alle beide. Wir sind öfters mit ihm und seiner Frau ausgegangen. Maître Delteil... Hast du den Namen schon gehört?«

»Nein.«

»Ich weiß nicht mehr, was ich tun soll, verstehst du. Wenn ich ihm nachgebe und mich mit der Scheidung einverstanden erkläre – also das bedeutet, daß er vor die Hunde geht... Er hat das Geld noch nie zusammenhalten können. Er verdient zwar sehr gut, aber wir haben alles immer wieder ausgegeben... Ich weiß noch nicht mal, ob unser Ferienhaus mit einer Hypothek belastet ist. Dieser Frau auf der Tasche zu liegen, das bringt er nicht fertig. Er muß außerdem für drei Kinder aufkommen, von meinem Unterhaltsanspruch ganz zu schweigen ... Auf den könnte ich notfalls verzichten – obwohl, leicht ist es nicht in meinem Alter, wieder arbeiten zu gehen. Und es ist auch nicht sicher, daß ich eine Stelle finde ...«

Virieu stand mit undurchdringlicher Miene vor ihr. Es war offenkundig, daß Probleme und Gefühle dieser Art außerhalb seiner Welt lagen.

Seine Schwester fuhr indessen ungerührt fort:

»Andererseits, wenn ich ihm die Scheidung verweigere, wird er mir das Leben zur Hölle machen. Er ist ein anderer Mensch geworden, gequält, getrieben, der nicht mehr richtig unterscheiden kann zwischen der Realität und dem, was er sich einbildet. Solange er noch Hoffnung hat, haßt er mich noch nicht. Sobald er aber sieht, daß alles zu nichts führt, ist bei ihm kein Halten mehr. Er trinkt ja jetzt schon von morgens bis abends. Wenn's so weitergeht, verliert er womöglich seine Stelle. Und was diese Lise angeht, die ich nicht kenne, so könnte sie seiner überdrüssig werden ... Und, was mach ich dann, mit einem menschlichen Wrack am Hals? Gib mir einen Rat, Émile. Was soll ich tun?«

»Ich weiß nicht.«

»Ist das alles, was dir dazu einfällt?«

»Ja.«

»Verstehst du wenigstens meine Lage?«

»Ja.«

»Sich scheiden lassen oder sich nicht scheiden lassen, das ist die entscheidende Frage.«

»Ja.«

»Was würdest du an meiner Stelle tun?«

»Es fällt mir schwer, mich an deine Stelle zu versetzen.«

»Na schön. Ich glaub, ich verschwende hier meine Zeit. Ich hatte auf eine Stellungnahme von dir gehofft, aber das ist ja wohl zuviel verlangt von dir...«

Er stand auf. »Es wird Zeit für deine Verabredung mit dem Anwalt...«

»Hoffen wir, daß er weniger einsilbig ist als du. Wiedersehen, Émile. Sag Jeanne einen schönen Gruß von mir.«

Géraldine war alt geworden. Sie hatte jetzt feine Fältchen in den Mundwinkeln und zwei steile Falten auf der Stirn. Dabei war es noch gar nicht lang her, daß sie ein kleines Mädchen gewesen war.

Ob sie ähnliche Überlegungen anstellte, wenn sie ihn ansah? Sie waren gemeinsam aufgewachsen, aber ein Gefühl der Zusammengehörigkeit hatte sich zwischen ihnen nie entwickelt. In Paris dann hatten sie sich fast aus den Augen verloren, weil jeder mit sich selbst und seinem Lebensunterhalt zu tun hatte.

Das war alles so schnell gegangen! Jetzt waren sie bereits Leute in den mittleren Jahren, und es dauerte nicht mehr lang, da zählten sie schon zu den Alten.

Er ging zur Gare de Lyon, wo er am Bahnhofsbuffet einen Kaffee trank.

Was würde *er* tun, wenn das, was seiner Schwester widerfuhr, ihm zustoßen sollte? Mal angenommen,

Jeanne würde aus diesem oder jenem Grund eine Scheidung verlangen ... Was dann? Die Möbel gehörten ihr, außer dem einen der Einzelbetten. Die Wohnung lief ebenfalls auf ihren Namen, weil sie ja schon zu Lebzeiten ihres ersten Mannes da gewohnt hatte ... Es würde ihm also nichts anderes übrig bleiben, als seinen Koffer zu packen und auf Wohnungssuche zu gehen. Seine Miene verdüsterte sich bei dem Gedanken, abends allein in einem unpersönlichen möblierten Zimmer herumzusitzen.

Er ging über die Brücke und dann weiter die Seine entlang, wobei ihm alle möglichen Gedanken durch den Kopf schossen. Und dann hörte er sich mit einem Mal halblaut sagen:

»Ich würde sie umbringen.«

Gedacht hatte er das gar nicht. Das waren nur Worte, die ihm einfach so über die Lippen gekommen waren; es war keine Absichtserklärung. Und doch hatte er die Fäuste geballt, als er das gesagt hatte.

Er war ein friedliebender Mensch, noch dazu mit einem beträchtlichen Trägheitspotential ausgestattet. Er würde gar nichts tun. Er würde sich weiterhin jeden Morgen in seinen Glaskäfig zurückziehen und Fahnenabzüge korrigieren.

Langsam legte er den ganzen Weg zu Fuß zurück. Manchmal warf er einen Blick in ein Schaufenster. Nahm er die Gegenstände in der Auslage überhaupt wahr? Gab es zwischen ihm und den Dingen eine ebensolche Barriere wie zwischen ihm und den Menschen?

Er wußte, daß er nicht so war wie die anderen. Aber

vielleicht war es auch so, daß *er* recht hatte und alle anderen sich im Leeren abstrampelten?

Er kam zu Hause an und stieg am Aufzug vorbei die Treppe hoch. Aus der ihrer Wohnung gegenüberliegenden Tür kamen Stimmen. Es waren die neuen Mieter, und sie hatten alle beide einen deutschen Akzent, besonders die Frau. Sie hatte eine Kleinmädchenstimme, und sie lispelte.

Er drehte den Türgriff und trat in seine Wohnung. Jeanne war in der Küche und kochte das Mittagessen. Er fühlte sich ihr gegenüber plötzlich schuldig, ohne zu wissen, warum. Nicht wirklich schuldig. Ihr gegenüber im Rückstand.

Sie gab ihm mehr, als er ihr gab. Sie konnte nichts dafür, daß sie eher häßlich war. Er hatte sie sich bewußt ausgesucht – häßlich, wie sie war.

Mit steigendem Alter würden sie beide häßlicher werden. Ob sie sich eines Tages vielleicht einen kleinen Hund zulegten?

Der Gedanke an einen kleinen Hund ließ ihn nicht mehr los. Jeanne verbrachte den größten Teil des Tags zu Hause, und so ein Hund würde ihr Gesellschaft leisten.

Er ging zu ihr in die Küche. »Wie würdest du das finden, einen kleinen Hund zu haben?«

»Hast du Lust, einen zu kaufen, oder sollst du von jemand einen kriegen?«

»Der Gedanke ist mir gerade eben durch den Kopf gegangen.«

»Natürlich, das würde mir Spaß machen ...«

»Du hast nie etwas davon gesagt.«

»Ich dachte, du magst keine Tiere...«

»Ich hab auch nichts gegen sie.«

»Hast du an eine bestimmte Rasse gedacht?«

»Ich weiß nicht, nein. Du sollst ihn ja aussuchen.«

»Zum Beispiel ein Zwergpudel?«

»Kenne ich nicht. Von Hunden und von Katzen verstehe ich nichts.«

Beim Mittagessen hatte Jeanne eine lebhaftere Gesichtsfarbe als gewöhnlich. Normalerweise machte sie nie den Vorschlag auszugehen. Als sie das Obst auftrug, platzte sie heraus:

»Hast du heute nachmittag etwas vor?«

»Nichts Besonderes, nein.«

»Würde es dir was ausmachen, wenn wir uns nach einem Hund umschauten?«

»Nein. Aber wo?«

Er hatte nicht die leiseste Ahnung, wo es Hunde zu kaufen gab.

»An der Porte d'Orléans gibt es einen Zwinger. Ich hab mal in der Zeitung eine Annonce gesehen...«

»Du hast also schon daran gedacht.«

»Ich hatte gar keine Hoffnung, daß...«

Ein anderes Ehepaar hätte sich jetzt vielleicht umarmt und geküßt. Sie nicht. Es war Jahre her, daß sie so etwas getan hatten.

»Ich mach nur schnell den Abwasch...«

Er machte es sich in seinem Sessel bequem und las die Zeitung. Ab morgen würde das Leben, das richtige Leben endlich wieder beginnen: Punkt neun würde er seinen Glaskäfig betreten, und die durchsichtigen Scheiben trennten ihn von den Menschen.

Sie nahmen ein Taxi, weil sie nicht genau wußten, wo der Zwinger war. Der Chauffeur wußte es.

In einem Schaufenster war eine Foxterrier-Hündin mit ihren sieben Jungen, die ihr auf den Rücken kletterten und wieder hinunterrutschten. Einige Leute waren stehengeblieben und sahen gerührt zu.

Das Schaufenster daneben war durch eine Trennwand unterteilt; auf der einen Seite war eine große dänische Dogge und auf der anderen ein deutscher Schäferhund.

Sie gingen hinein und betraten einen Raum, der sich tief nach hinten zog. Ein Papagei war mit einer dünnen Kette an seine Stange gefesselt und stieß unschöne Laute aus. Es war auch ein kleiner, auf die gleiche Weise angeketteter rötlicher Affe da, den Émile keiner bestimmten Gattung zuordnen konnte.

»Was kann ich für Sie tun, *monsieur dame*?«

Der Verkäufer trug einen langen weißen Kittel und war schlecht gekämmt.

Jeanne sah ihren Mann verlegen an, als ob sie sagen wollte: ›Kannst du das übernehmen ...‹

»Meine Frau möchte einen Zwergpudel ...«

»Ich habe gerade noch zwei Tiere da, drei Monate alt, garantiert gesund und rasserein ...«

Er führte sie durch den zu beiden Seiten mit Käfigen vollgestellten Saal nach hinten.

Die Zwergpudel lagen aneinandergeschmiegt da und blinzelten ein wenig, als sie hinzutraten.

»Ich kann Ihnen versichern, daß sie vorschriftsmäßig geimpft sind. Möchten Sie einen Rüden oder eine Hündin?«

Und wieder wandte sich Jeanne zu ihrem Mann.

»Einen Rüden«, sagte er. Er dachte dabei an die vielen Hunde in ihrem Viertel, die hinter ihnen herlaufen würden, wenn sie eine Hündin kauften.

Die Welpen waren schwarz; der eine hatte einen weißen Fleck auf der Brust. Der Verkäufer holte ihn aus dem Käfig, und er ließ es mit sich geschehen wie ein Baby. Als der Mann ihn auf dem gefliesten Boden absetzte, blieb er genau so stehen, schaute sie an und wedelte mit seinem Stummelschwanz.

»Ist er nicht zum Fressen?«

Er hätte nie gedacht, daß seine Frau so etwas sagen könnte.

»Ich möchte ihn mal auf den Arm nehmen ...«

»Aber bitte sehr.«

Sie hob ihn hoch und hielt ihn wie ein Baby. Der junge Hund wehrte sich nicht, er wirkte etwas schläfrig. Ein roter Spaniel aus dem Nachbarkäfig sah sich das Ganze an und winselte ein paarmal.

»Wie heißt er?«

»Er hat noch keinen Namen. Das ist dann Ihre Sache, ihm einen zu geben.«

Sie sah Émile erneut an, als ob eine ganz dringende Entscheidung anstünde.

»Ist er stubenrein?«

»Nun ja, es wird ihm vielleicht ein- oder zweimal ein Mißgeschick passieren, vor allem, wenn er in einer neuen Umgebung ist ... Sie haben ja wohl nicht die Absicht, ihn anzubinden?«

»Natürlich nicht!« entrüstete sich Jeanne.

»Sie müssen ihn mindestens zweimal täglich ausführen. Wohnen Sie in der Stadt?«

»Ja. Rue du Faubourg-Saint-Jacques.«

»Für das Leben auf dem Land hätte ich Ihnen sonst eine robustere Rasse empfohlen.«

»Wieviel kostet er?«

»Fünfhundert Francs. Er hat natürlich einen Stammbaum, und seine Eltern haben bei den Hundeschauen mehrere Preise gewonnen.«

Jeanne setzte den Hund wieder auf den Boden. »Was hältst du davon?«

Sie wollte ihre Handtasche aufmachen, aber er hatte bereits sein Scheckbuch hervorgeholt.

»Also dann, jeder die Hälfte...«

»Nein.« Er hatte als erster davon angefangen, daß sie einen Hund kaufen sollten. Jetzt wollte er ihn auch bezahlen.

»Sie müßten dann noch ein Halsband aussuchen, eine Leine und einiges andere... Ich habe sehr praktische Freßnäpfe hier, die nicht umkippen können. Sie geben ihm am besten Hundefutter – dies hier ist eine Marke, die besonders für junge Tiere sehr empfehlenswert ist.«

Zum Schluß kostete das Ganze fast sechshundert Francs. Das Halsband und die Leine waren rot, was sich sehr schön gegen das schwarze Fell abhob.

Auf den ersten Metern ließ der Hund sich ziehen. Jeanne ging zu ihm hin, streichelte ihn und nahm ihn letzten Endes auf den Arm.

»Soll ich Ihnen ein Taxi rufen?«

»Ja, bitte.«

Zusammen mit der Italienreise war dieser Hundekauf das bedeutendste Ereignis in ihrem Eheleben.

»Wie sollen wir ihn nennen?«

»Ich weiß nicht.«

Er hatte sich noch nie um einen Hundenamen gekümmert.

»Dumm oder kindisch soll es nicht sein...«

*»Jeannot?«* murmelte er.

»Das sieht so aus, als ob es von Jeanne abgeleitet ist...«

»Warum nicht, es ist ja dein Hund...«

Der Hund war jetzt eingeschlafen. Er hatte noch den runden Bauch junger Welpen.

»Oder *Bébé*?«

»Und wenn er dann mal fünf oder sechs Jahre alt ist?«

»Also *Kiki* auf keinen Fall...«

»Nein.«

Sie suchten alle beide nach einem Namen. Eine solche Szene wäre noch am gestrigen Abend undenkbar gewesen.

»Warum eigentlich nicht *Noris*?« Sie wiederholte den Namen ein paarmal. »Klingt gut«, meinte sie. Dann wandte sie sich dem Hund zu. *»Noris... Noris...«*

Der Hund blinzelte ein wenig, als ob er es verstanden hätte.

Als sie zurückkamen, stand die Concierge hinter der verglasten Tür ihrer Loge.

Sie hatten ein schlechtes Gewissen, weil sie ihr nichts davon gesagt hatten, daß sie einen Hund kaufen wollten.

Jeanne ging zu ihr hin und machte die Tür auf. »Ist er nicht süß?«

»Gehört er Ihnen?«

Die Concierge war eine Frau von Mitte Dreißig, deren Mann Lkw-Fahrer gewesen und bei einem Verkehrsunfall ums Leben gekommen war. Sie wirkte immer noch jugendlich und lebhaft.

»Er wird doch hoffentlich nicht zu groß?«

»Es ist ein Zwergpudel...«

»Weil, wenn er zu groß wird, dann kriegen Sie Ärger mit dem Hausbesitzer... Sie sollten ihn wohl lieber nicht mit in den Aufzug nehmen.«

Sie stiegen die Treppe zu ihrer Wohnung hoch. Noris blieb eine Zeitlang auf den Hinterpfoten hocken und schaute sie an; dann stand er auf und beschnupperte die Wände.

## 4

Es war kurz nach neun; sie saßen vor dem Fernseher und sahen sich, jeder in seinem Sessel, eine Diskussion über die Autobahnen an. Plötzlich kam Lärm aus dem Treppenhaus, dann wurde heftig und ungeduldig gegen ihre Wohnungstür getrommelt.

Sie sahen sich fragend an. Noris lag auf dem Kissen, das ihm schon vertraut geworden war, hob den Kopf und kläffte. Émile stand mit einem unguten Gefühl auf und ging öffnen. Jeanne sah hinter ihm her zur Tür. Draußen stand ein aufs höchste erregter Fernand, der sich am Treppengeländer abstützte und mit Mühe das Gleichgewicht hielt. Er achtete kaum darauf, wo er hintrat, stürzte mit unsicherem Schritt in die Wohnung und ließ sich in Émiles Sessel fallen.

Jeanne hatte das Fernsehgerät abgeschaltet, war aufgestanden und wollte sich taktvoll zurückziehen.

Fernand jedoch hielt sie zurück. »Sie können ruhig dableiben. Es macht mir nichts aus, das alles vor Ihnen zu sagen. Ich würde es vor aller Welt sagen, wenn die es hören könnte...«

Er hatte rötliche Augenlider und rote Flecken im Gesicht. Sein Jackett war zerknittert.

»Recht hattest du, Schwager... Lise will nichts mehr von mir wissen...«

Émile vermied es, ihn darauf hinzuweisen, daß er

nichts dergleichen geäußert hatte – es hätte ohnehin nichts genützt. Sein Schwager klammerte sich offensichtlich an eine fixe Idee.

»Tja«, meinte Fernand mit einem höhnischen Lachen, »sie hat mich abblitzen lassen!« Dann lachte er nochmals auf.

»Bist du mit dem Wagen gekommen?«

»Was für ein Wagen?«

»Na, deiner...«

»Ich weiß noch nicht mal, wo er ist... Ich hab ihn irgendwo abgestellt, kann mich aber nicht erinnern, wo... Hast du Whisky da?«

»Nein... Es muß noch ein Rest Cognac da sein...«

»Dann gib mir den Cognac.«

Er war in einem Zustand, in dem man ihm besser nicht widersprach. Jeanne und er riskierten höchstens, daß er hier einschlief und die Nacht im Sessel oder auf dem Teppich verbrachte.

»Ein Flittchen ist sie, verstehst du? Ein schönes Flittchen, denn schön, das ist sie wahrhaftig... Ja, davon versteh ich was!«

Jeanne brachte den Cognac, und er trank das Glas in einem Zug leer.

»Noch einen... Ich brauch 'ne Aufmunterung... Das ist *der* Tag meines Lebens, versteht ihr das, ihr beiden? Einen so rabenschwarzen Tag wie meinen heutigen, das habt ihr nie erlebt – ihr seid ja soo friedliche Leute!« Er wandte sich Émile Virieu zu. »Wetten, daß du noch nie mit einer anderen Frau als der deinen geschlafen hast! Tja, aber ich... Ich hab 'ne andere geliebt, jawohl, geliebt... Ich hab's an mir erfahren, was das bedeutet, Liebe, auch wenn ihr denkt, ich bin ein bißchen besoffen...« Er versuchte aufzustehen, fiel aber in den Sessel zurück. »Wo hast du den Cognac hingestellt?« fragte er Jeanne, die er damit zum ersten Mal duzte.

Sie warf ihrem Mann einen Blick zu, wie um zu erfahren, was zu tun sei, und Émile bedeutete ihr, sie solle einschenken. Lamark hatte ein Stadium erreicht, wo es auf ein Glas mehr oder weniger nicht mehr ankam.

»Ich bin zum Anwalt gegangen, jawohl! Delteil heißt er, Jean Delteil... Der ist ein Kumpel von mir, und wir haben uns schon zusammen vollaufen lassen... Was ihn nicht hindert, sich wie ein Schuft zu benehmen. Begrüßt mich doch wie einen Fremden, wie einen von seinen Klienten... Na, Jean, sag ich zu ihm, du altes Haus, haste von meiner zukünftigen Ex-Frau Besuch gehabt? Und da sagt er doch zu mir, ich hätt an einem Tag wie heute nicht so viel trinken sollen... Hat man da noch Töne? An einem Tag wie heute, das hat er gesagt. Und meine Scheidung? frag ich ihn. Wann geht sie jetzt über die Bühne, meine Scheidung? Daraufhin hält er mir 'ne lange Rede: Erstens mal, daß Géraldine 'ne prima Frau ist, mit der er genauso befreundet ist wie mit mir, und zweitens, daß ich drei Kinder habe, die...«

Émile hatte sich jetzt auch auf einen Stuhl gesetzt, ganz vorn auf die Kante. Er sah seinen Schwager an, ohne daß seiner Miene eine Gemütsbewegung zu entnehmen gewesen wäre. Er für seinen Teil war noch nie betrunken gewesen.

Jeanne hätte am liebsten das Zimmer verlassen. Sie

hatte jedoch begriffen, daß es besser war, Fernand nicht in Rage zu bringen.

Der sah sie jetzt nacheinander an. »Ihr habt wohl alle beide die Sprache verloren, was?«

»Wir haben nichts dazu zu sagen ... *Du* willst ja reden ...«

»Soll ich vielleicht lieber *nicht* reden – willst du das damit sagen? Soll ich deiner Ansicht nach zu allem ja und amen sagen?« Er sah sie herausfordernd an und blickte sich suchend nach der Cognacflasche um. »Was ist denn das?« Er wies auf Noris.

Noris war aufgestanden und schnupperte an seinen Hosenbeinen herum.

»Das ist unser Hund.«

»Auf den Hund seid ihr jetzt gekommen ...! Ja, gibt's denn so was ... Könnt ihr denn nicht Kinder machen wie andere Leute auch?« Wieder das höhnische Lachen. Man hätte meinen können, er sei befriedigt über seine Bemerkung. »Und weißt du«, fuhr er dann fort, »worauf Delteil hinauswollte? Daß sie alle beide eine Abrechnung gemacht haben, er und meine mir Angetraute... Ja ja, ich hab nämlich das Pech, eine mir Angetraute zu haben ... Na, egal. Wo war ich stehengeblieben? Ach so, bei der Abrechnung. Soundso viel pro Kind, haben sie ausgerechnet. Patrick kommt am teuersten, wegen des Studiums. Er ist erst in vier oder fünf Jahren soweit, daß er sich seinen Lebensunterhalt verdient ... Dann soundso viel für Marie-Lou und soundso viel für Serge ... Und außerdem braucht meine Frau was zu essen. ›Auch wenn sie einen Job findet‹, hat der Anwalt zu mir gesagt, ›wird der Richter ihr einen

Unterhaltsanspruch zubilligen ...‹ So sind sie eben, die Rechtsverdreher mit ihren Tricks ... Was mich betrifft, ich kann krepieren, das läßt sie kalt. In der ganzen Sache bin ich doch der Schurke, verstehst du, das Schwein, das seine unschuldige und aufopfernde Ehefrau und die Kinder an den Bettelstab bringt ... So läuft das eben. Nein, ich bin noch nicht fertig ... Irgendwie geht mir's etwas durcheinander im Kopf ...«

»Bist du zu Fuß gekommen?«

»Zu Fuß«, wiederholte er, als ob er es nicht gleich kapiert hätte. »Moment mal ... Ich hab einen Taxifahrer gebeten, mich ... Miese Type, der ... Sagt mir doch, er hat keine Lust, daß ich ihm den Wagen vollkotze ... Dann bin ich gelaufen ... Zum Pissen in eine Bar reingegangen ... Komm, gib mir was zu trinken ... Was wollte ich? Muß mir gleich wieder einfallen ... Ach ja, die Abrechnungen. Er hatte das säuberlich auf ein Blatt Papier geschrieben. Soundso viel für Patrick, soundso ... Oder hab ich's dir schon gesagt? Kannst ruhig ehrlich sein. Denk nur nicht, ich bin besoffen. Erschüttert, das schon ... Aber das ist nicht das gleiche. Erschüttert, hast du gehört? Und Sie auch, Jeanne, hören Sie nur zu... Sie können's dann ja auch so machen, falls mein Schwager hier sich jemals verliebt ... Also, die Abrechnungen. Wenn man zusammenzählt, was ich zahlen soll, und die Summe abzieht von dem, was ich verdiene, kommt man auf drei- oder vierhundert Francs, die für mich übrigbleiben ... Ganz genau. Ich weiß nicht, ob das Recht und Gesetz ist, aber jedenfalls ist's das, was Maître Delteil, der mal mein Freund war, sich so vorstellt ... Und – wie soll ich das schaffen, mit dreihundert Francs eine Frau zu unterhalten? Na? Das ist vielleicht das, was euer Hund euch so kostet! Lise arbeitet, ja, ich weiß... Aber wenn ein Ehemann was auf sich hält, dann will er nicht, daß das Haushaltsgeld vom Verdienst seiner Frau aufgebracht wird...« Er schwieg eine Weile und sah sie wieder nacheinander an, wie um sie zu einer Meinungsäußerung zu provozieren. »Deine Schwester und ich, wir sind jetzt zwanzig Jahre verheiratet«, fuhr er fort. »Und wenn schon Abrechnungen gemacht werden – versuch doch mal auszurechnen, wieviel Geld ich die ganze Zeit über für sie ausgegeben hab... Und stell dir mal vor, daß ich dieses ganze Geld in der Tasche hätte...?«

Aus der Wohnung gegenüber drang gedämpft der Fernseher herüber.

»Ich hab Lise gesehen...« Er legte eine Pause ein, um die Wirkung seiner Worte zu unterstreichen. »Ich hab sie vor mir gesehen, wie ich euch beide vor mir sehe. Ich bin ins Büro gegangen, und alle Kollegen haben mich angestarrt. Ich bin sogar dem Boss begegnet und hab ihn gefragt: ›Na, wie geht's, alte Sau?‹ Und er hat sich nicht getraut, was dagegen zu sagen. Dann bin ich zu Lise ins Büro. ›Komm‹, hab ich zu ihr gesagt, ›ich muß mit dir reden. Gehen wir auf einen Drink ins 'Tom-Tom'...‹ Das ist 'ne Bar drei Häuser weiter. Und sie hat's gleich kapiert, daß es besser war, mitzugehen. Ich wär imstand gewesen und hätt den ganzen Laden zusammengeschlagen...«

Émile sah den Schwager starr an und fragte sich, ob der tatsächlich so blau war, wie er wirken wollte.

»Wir haben uns ganz nach hinten gesetzt«, fuhr Fernand fort, »damit Joseph, der Barmann, nicht alles mitkriegt.

›Ich bin beim Anwalt gewesen …‹

›Ich hoffe, er hat dich davon abgebracht …‹

›Ach, bist du jetzt auch auf ihrer Seite, was?‹

›Hör zu, Fernand‹, hat sie gesagt und unter dem Tischchen nach meiner Hand gegriffen, ›wir haben das doch des langen und breiten durchdiskutiert … Du weißt genauso gut wie ich, daß diese Heirat nicht möglich ist. Und außerdem, was sollte uns das mehr bringen? Du siehst mich doch, so oft du willst … Deine Frau läßt dir deine Freiheit …‹«

Jeanne setzte sich jetzt endlich in ihren Sessel.

»Hast du das mitgekriegt, Émile? Ich hab's also letzten Endes deiner Schwester zu verdanken, daß ich mit Lise schlafen kann … Und dann hab ich ihr das mit den Abrechnungen erzählt, den großartigen Abrechnungen von Delteil …

›Hab ich mir doch gedacht‹, hat sie aufgeseufzt. ›Du solltest dich jetzt lieber hinlegen, entweder bei mir oder bei dir … Wenn du zu mir willst, dann geb ich dir den Schlüssel.‹ Und damit hat sie schon in ihrer Tasche herumgekramt.

›Wie dem Briefträger‹, hab ich zu ihr gesagt.

Sie hat die Anspielung übergangen, und ich hab Joseph ein Zeichen gegeben, daß er neu einschenken soll.

›Und wenn ich mich trotzdem scheiden lasse?‹

›… dann wäre das kein Grund für mich, dich zu heiraten. Sei doch vernünftig, Fernand. Wir mögen uns sehr, und wir genießen es, einen Teil unserer Zeit zusammenzusein. Aber das heißt doch nicht …‹

›Was heißt das nicht?‹

›Daß wir als verheiratete Leute eine gute Ehe führen würden.‹

›Du gibst mir also eine Abfuhr?‹

›Ja.‹

›Weil mir kein Geld übrigbleibt?‹

›Ich will es nicht, weil du in ein paar Wochen sehr unglücklich sein würdest.‹

›Demnach weißt du besser als ich, wie ich mich in ein paar Wochen fühle ...? Also, jetzt will ich dir mal was sagen: Du bist eine Nutte wie andere auch, Lise ... Und außerdem bist du vor mir mit dem Chef ins Bett gegangen, der ist fünfundsechzig und eine alte Sau ... Du brauchst gar nicht versuchen, das abzustreiten!‹

›Ich hab dir nichts mehr zu sagen, Fernand. Nicht das Geringste ... Ich nehm's dir nicht übel. Aber unser gemeinsames Abenteuer ist beendet ... Wenn ich dich morgen im Büro sehe, dann grüße ich dich wie die anderen Kollegen auch ...‹

›Großartig! So leicht fällt dir das, was?‹

›Überhaupt nicht. Es fällt mir sehr schwer, aber es geht nicht anders ...‹

Damit ist sie aufgestanden, hat mir halblaut viel Glück gewünscht und ist zwischen den Tischchen hindurch zur Tür gegangen. So, das war's dann ... Und, was sagt ihr dazu?«

Die Frage blieb unbeantwortet. Es entstand ein betretenes, lähmendes Schweigen.

Fernand stand daraufhin mit angewiderter Miene und nicht ohne Mühe auf und machte Anstalten, dem

Hund einen Fußtritt zu versetzen. Jeanne hingegen war schon auf dem Sprung, das Tier an sich zu nehmen.

»Na schön! Ich seh schon, ihr seid auf ihrer Seite. Ich geh mal wieder. Ich will eure kostbare Zeit nicht länger in Anspruch nehmen. Entschuldigen Sie bitte, meine zauberhafte Schwägerin (er setzte ein breites Lächeln auf, um die Ironie seiner Worte noch zu betonen), daß ich mich nackt vor Ihnen ausgezogen habe ... Aber ja, gewiß doch, so nackt es überhaupt geht. Charakterlich, meine ich, was meinen Stolz betrifft... Ich liebe sie immer noch, und ich sag's allen, die's hören und nicht hören wollen ... *Salut* dann. Gehabt euch wohl, alle drei ...« Er bückte sich, wie um den Hund zu streicheln oder ihn zu packen, aber Jeanne hatte ihn rasch weggezogen. »Auch dir alles Gute, Schwager«, fuhr er fort. »Und danke für den Cognac. Könnte dir nicht schaden, dir ab und zu auch mal die Nase zu begießen ...«

Er marschierte im Zickzack zur Tür, warf einen Stuhl um, wollte ihn aufheben, merkte noch rechtzeitig, daß ihm das gefährlich werden könnte. Er öffnete die Tür und verschwand geräuschvoll im Treppenhaus.

Émile und Jeanne sahen sich an, und Jeanne meinte schließlich zögernd: »Im Grunde ist er ein unglücklicher Mensch ...«

Émile gab keine Antwort. Es war zehn Uhr, die Fernsehdiskussion war beendet, und das Thema Autobahn interessierte sie ohnehin nicht. Sie standen auf und gingen gewohnheitsgemäß zum Schlafzimmer.

»Sag mal, was machen wir mit Noris?«

»Noris?«

»Ja, der Hund ... Wenn wir ihn hier im Dunkeln

lassen, kriegt er vielleicht Angst. Er ist ja noch ein richtiges Baby, vergiß das nicht... Er fühlt sich bestimmt sicherer, wenn er merkt, daß wir im gleichen Raum sind.«

Sie legten das Hundekissen in die Schlafzimmerecke zwischen Badezimmerwand und Kommode. Dann gingen sie nacheinander zum Ausziehen ins Bad.

Jeanne gab dem Hund einen Kuß, und der leckte ihr die Wange. Kurz darauf machte sie die Nachttischlampe aus.

»Gute Nacht, Émile.«

»Gute Nacht, Jeanne.«

Er schlief nicht sofort ein. Fernands Besuch machte ihm zu schaffen. Er hatte kein ruhiges Gewissen, obwohl er sich nichts vorzuwerfen hatte. Es war nicht seine Aufgabe, seinem Schwager zu helfen. Außerdem war keinerlei Hilfe möglich.

Und doch war Fernand hierher zu ihnen gekommen, um sich zu rechtfertigen. Trotz seines betrunkenen Zustandes hatte er ein richtiges Plädoyer zu seiner Rechtfertigung gehalten. Im Grunde hatte er fast um eine versöhnliche Geste gebettelt.

Émile jedoch hatte sich damit begnügt, ihn schweigend und starr anzusehen.

Was der andere inzwischen wohl machte? Bestimmt stürzte er in die erstbeste Bar, die er entdeckte. Er war so blau, daß er bestimmt weitertrank. In ein oder zwei Stunden wurde er womöglich von der Polizei irgendwo auf der Straße aufgelesen.

Er war ein armer Hund. Jahrelang hatte er den anderen etwas vorgespielt. Er hatte sich vergnügt und voller

Energie gegeben und war seinen Mitmenschen freundlich, sogar herzlich begegnet.

Was jedoch nichts daran änderte, daß er ein Schwächling war. Einer, der unfähig war, sein Leben in die Hand zu nehmen – geschweige denn das seiner Frau und seiner Kinder.

Ein Schwächling ... Émile überlegte, ob er nicht selber auch ein Schwächling sei. Glücklicherweise waren seine Gedanken schon recht verschwommen, und er schlief über dem Nachdenken ein.

»Émile ...«

Da kam von weitem eine undeutliche Stimme, die ihn beim Namen nannte.

»Émile ...«

Was sollte das? Jetzt schüttelte ihn jemand an der Schulter.

»Das Telefon ...« Jeanne stand vor ihm.

»Wie spät ist es?«

»Hörst du nicht, daß nebenan das Telefon klingelt?«

Er hatte immer einen tiefen Schlaf, aus dem er mühsam erwachte. Er tastete am Fußende des Bettes nach seinen Pantoffeln und ging ins Wohnzimmer hinüber.

Das Telefon schellte immer noch.

»Tut mir leid, daß ich dich aufgeweckt habe, Émile ...«

Er erkannte die Stimme seiner Schwester. Sie klang sehr aufgeregt.

»Hast du ihn gesehen heute abend?«

»Ja. Er war hier.«

»Hier bei mir ist er gerade weg, und er hat mir angst gemacht. Er war derart betrunken, daß er meinen Frisiertisch umgestoßen hat, und dabei ist die Stehlampe ausgegangen.

Ich mußte mich im Dunkeln zum Schalter für die Deckenlampe vortasten. Ich hab keine Ruhe gefunden. Er hat keuchend und stoßweise geatmet, als er kam, und er hatte blutunterlaufende Augen... ›Heimgekehrt in den Schoß der Familie!‹ hat er zuerst verkündet und ist dann in schallendes Gelächter ausgebrochen. Er war total blau.

›Mach nicht solchen Lärm, denk an die Kinder!‹ hab ich gesagt.

›Eines Tages werden sie ja wohl erfahren müssen, was mit ihrem Vater los war... Ich nehme doch an, ich bin ihr Vater, oder?‹

›Sei still, Fernand...‹

›Ich soll jetzt auch noch still sein zu allem hin? Ich bezahle die Miete... Ich hab die Möbel bezahlt, den Morgenrock, den du auf dem Leib hast... Mein Leben lang hab ich bezahlt, und jetzt soll ich auch noch still sein...‹

›Was ist eigentlich passiert?‹

›Daß ich mich nicht mehr scheiden lasse, das ist passiert...

Das übersteigt meine finanziellen Möglichkeiten, Delteil hat's mir klargemacht. Er hat's mir aufs i-Tüpfelchen genau erklärt. Und wenn Leute wie er das tun, dann ziehen sie keine Samthandschuhe an... Du warst ja bei ihm, und ihr habt beide die Zahlen ausgeheckt... Und als nächstes hat Lise mir auch ihren Standpunkt klargemacht...‹

Noch beim Reden hat er alle Schubladen auf- und

zugemacht, als ob er etwas sucht. Er hat mir angst gemacht... Was hat er eigentlich zu dir gesagt?«

»Er hat die ganze Zeit von Lise gesprochen, von dir und von sich selbst – vor allem von sich selbst. Er wollte unbedingt, daß ich ihm Cognac einschenke, und ich wollte es ihm nicht abschlagen, weil er sonst imstande gewesen wäre, das ganze Haus zusammenzutrommeln...«

»Es war unmöglich, ihn zum Schweigen zu bringen«, bestätigte seine Schwester. »Was glaubst du, wie er sich hier aufgeführt hat...

›Dreihundert Francs – das ist alles, was mir monatlich übrigbleibt‹, hat er losgelegt und dann wieder so bitter gelacht – es war schon eher ein Schluchzen. ›Aber das weißt du ja ebenso gut wie ich... Ihr habt das ja gemeinsam ausklamüsert, mein alter Freund Delteil und du...‹

Ich hab versucht, ihn zu beruhigen, aber er hat mich gar nicht zu Wort kommen lassen.

›Der Gute hat sich wohl vorgestellt, daß ich mich brav wieder zu dir in dein Bett lege... Genauer gesagt, in mein Bett... Lise hat das scheint's auch gedacht.‹

Es ist dann soweit gekommen, daß ich geglaubt hab, er läßt sich tatsächlich aufs Bett fallen und kriegt einen Weinkrampf... Dann hab ich vom Flur her Schritte gehört; Patrick ist ganz verschlafen aufgetaucht, im Pyjama...

›Was ist los mit euch beiden? Müßt ihr eigentlich soviel Krach machen?‹

›Recht hast du, mein Sohn. Ich red auch gleich ganz leise... Und ich geh sogar gleich weg...‹

Ich hab Patrick daraufhin ein Zeichen gegeben, daß er uns allein lassen soll, und er ist brav wieder gegangen.

›Da, siehst du?‹

›Was denn? Daß ich hier überflüssig bin – ja, das seh ich. Ich hab's kapiert! Und ich geh ... Es ist leider so, daß ich keinen Centime mehr in der Tasche habe ...‹

Ich hatte noch zweihundert Francs und etwas Kleingeld in meiner Handtasche, und ich hab ihm alles gegeben.

›Vielen Dank, Madame Lamark ... Sehr gütig, Madame Lamark ... Ich verspreche Ihnen, Sie nicht mehr zu belästigen ...‹

›Gehst du zu ihr?‹

›Meiner Ansicht nach geht Sie das nichts an. Ich verspreche Ihnen jedenfalls, daß es keine Scheidung geben wird. Und daß ich mich nicht wieder verheirate ... Einmal reicht doch, finden Sie nicht, Madame Lamark?‹

Er wäre beinahe hintenübergefallen, und ich hätte ihn gar nicht aufheben können, so schwer, wie er ist.

›Also tschüß!‹

›Gib acht, Fernand ... Wär's nicht besser, du würdest hier bleiben? Bist du mit dem Wagen da?‹

›Nein.‹

›Wo hast du den Wagen?‹

Er hat eine Handbewegung gemacht, die alles bedeuten konnte.

›Irgendwo ...‹

›Hast du einen Unfall gehabt?‹

›Noch nicht mal das ... Tschüß!‹

Er ist bis zur Tür getorkelt, hat sie aufgerissen und wieder zugeknallt. Ich hab den Aufzug nicht kommen hören, bin auf den Treppenabsatz raus und hab gesehen, wie er einen Stock tiefer die Treppe runtergegangen ist und sich am Geländer festgehalten hat ... Ich hab solche Angst, Émile ...«

»Angst wovor?«

»Wie soll man wissen, was er noch anstellt – in dem Zustand, in dem er ist ... Was rätst du mir?«

»Du kannst ihm nicht hinterherlaufen. Er wird weitertrinken. Und Gott weiß wo zusammensinken.«

»Es hat mir weh getan, ihn so zu sehen. Ich hab ihn schon betrunken gesehen, aber nicht so ... Blau, wie er war, hat man doch gespürt, in welcher seelischen Verfassung er ist ...«

»Leg dich wieder hin.«

»Ich kann jetzt nicht schlafen ...«

»Dann nimm halt ein Schlafmittel. Du wirst doch so was in der Hausapotheke haben ...«

»Ich weiß nicht. Ich weiß gar nichts mehr ... Das ist alles zu schnell gegangen. Glaubst du, diese Frau hat ihm den Laufpaß gegeben?«

»Das hat er uns gesagt ...«

»Tut mir leid, daß ich dich aufgeweckt habe. Leg dich wieder hin. Entschuldige, daß ich dich um die Zeit aus dem Bett geholt habe ...«

»Wie spät ist es?«

»Ein Uhr. Gute Nacht, Émile.«

»Gute Nacht, Géraldine.«

Jeanne saß im Morgenmantel und mit dem Hund im Arm da und wartete auf ihn.

Er fiel in einen unruhigen Schlaf und glaubte einen Augenblick zu träumen, als er das Telefon klingeln hörte. Offenbar erlebte er im Traum die erste Hälfte der Nacht mit Géraldines Anruf ein zweites Mal...

Jeanne hatte schon die Nachttischlampe angeknipst. Er ging ins Wohnzimmer hinüber und zog dabei seinen violetten Morgenmantel an.

»Hallo...«, knurrte er. »Hallo...!«

»Hör zu, Émile...« Es entstand eine Pause, und er hörte deutlich ein stoßweises Atmen am anderen Ende. »Er ist tot...«

Virieu dachte zuerst an einen Unfall. Fernand war vielleicht von einem Auto angefahren worden – in dem Zustand, in dem er war. Oder er war in eine Schlägerei hineingeraten.

»Ich hatte gerade einen Anruf von der Polizei. Es war der Commissaire. Ich muß dorthin gehen...«

»Wohin?«

»In das Haus, wo sie wohnt. Er liegt dort auf dem Treppenabsatz. Er hat sich in den Kopf geschossen... Allein hinzugehen, dazu hab ich nicht den Mut. Patrick ist noch zu jung, ihn kann ich nicht mitnehmen... Es ist in der Rue de Berri Nummer 33 a.«

»Mußt du hin?«

»Ich muß ihn offenbar identifizieren, bevor er ins Gerichtsmedizinische Institut gebracht wird.«

»Das wird in Fällen von Selbstmord immer so gemacht. Ich weiß es aus Romanen, die ich im Betrieb durchgesehen habe. Danach ist eine Autopsie zwingend vorgeschrieben...«

»Sei still! Ich will gar nicht dran denken. Ich zieh mir nur schnell was an und nehme ein Taxi... Ich warte auf dem Trottoir auf dich, wenn ich vor dir da bin. Wenn du zuerst da bist, wart du auch auf mich ...«

Er legte auf. Es war halb vier Uhr früh. Jeanne stand vor der Schlafzimmertür.

»Er hat sich in den Kopf geschossen.«

»Wo ist das passiert?«

»In dem Haus, wo seine Geliebte wohnt. Vor ihrer Wohnung auf dem Treppenabsatz.« Er war ruhig, es war ihm nichts anzumerken. »Ich muß hin, weil Géraldine sich allein nicht traut.«

Er zog sich an. Dann tappte er die Treppe hinunter, meldete sich bei der Concierge und bat darum, die Haustür zu öffnen. Er mußte dann zu Fuß bis zum Boulevard Montparnasse, um ein Taxi zu bekommen. Dort war noch ein Nachtclub geöffnet, und die Musik scholl bis auf die Straße.

In der Rue de Berri sah er sofort den Leichenwagen des Gerichtsmedizinischen Instituts vor dem Haus stehen und daneben einen uniformierten Polizisten. Es waren keine Neugierigen da. Seine Schwester war noch nicht gekommen. Die vorüberkommenden Nutten gingen unwillkürlich schneller in Richtung Champs-Elysées, weil sie merkten, daß hier etwas vorgefallen war, und keine Lust hatten, mit hineinzugeraten.

»Sind Sie von der Presse?« fragte ihn der Polizist.

»Nein.«

»Was wollen Sie hier? Worauf warten Sie?«

»Auf meine Schwester.«

»Wohnt Ihre Schwester in dem Haus?«

»Der Tote ist ihr Ehemann ...«

»Pardon. Das ist was anderes.«

Er sah bald ein Taxi um die Ecke biegen. Es hielt, und Géraldine stieg aus.

»Kannst du das für mich bezahlen? Ich hab ihm heut abend alles gegeben, was ich hatte... Oder vielmehr gestern abend. Es ist ja schon Morgen.«

Er bezahlte die Fahrt und gab das restliche Geld seiner Schwester, die es in ihre Tasche steckte.

»Ich weiß nicht, was ich anderes hätte tun sollen, Émile... Ich hab das Gefühl, es ist meine Schuld, ich hab's nicht verstanden, auf ihn einzugehen...«

Sie fuhren im Lift nach oben, wo alles hell erleuchtet war. Auf den Treppenstufen standen andere Hausbewohner, teils im Pyjama, teils im Morgenmantel.

Fernand lag ausgestreckt mitten auf dem Treppenabsatz, der mit rotem Teppichboden ausgelegt war. Das halbe Gesicht fehlte.

Ein Fotograf, der vermutlich vom Erkennungsdienst war, richtete sich gerade auf. »Das reicht wohl, meinen Sie nicht auch?«

»Ich glaub schon. Sie können gehen.«

Ein Mann, der offenbar Zeit gefunden hatte, sich sorgfältig anzuziehen, trat auf Géraldine zu.

»Madame Lamark?«

»Ja. Ich habe meinen Bruder mitgebracht.«

Der Commissaire drückte Émile automatisch die Hand.

»Mein Beileid... Tut mir leid, daß ich Sie mitten in der Nacht gestört habe. Es handelt sich im übrigen um eine reine Formsache. Erkennen Sie Ihren Mann?«

»Ja, das ist er.«

Man konnte sich nur wundern, wie sie sich überhaupt auf den Beinen hielt. Sie war totenblaß, und sie hielt ihre Handtasche so fest umklammert, daß die Fingerknöchel weiß hervortraten. Sie schwankte. Dann sah sie zu der jungen Frau im orangefarbenen Morgenrock hinüber, die vor ihrer Wohnungstür stand.

»Erkennen Sie auch seine Schrift?«

Er streckte ihr ein Kärtchen mit der Adresse eines Cabarets in der Rue de Ponthieu entgegen. Auf der Rückseite stand ein einziges, mit Bleistift geschriebenes Wort: *Pardon.*

»Ja, das hat mein Mann geschrieben.« Sie sah wieder zu der jungen Frau in Orange hinüber, und es lag mehr Neugier als Feindseligkeit in ihrem Blick.

Für welche der beiden Frauen war dieses letzte Wort, diese Bitte bestimmt gewesen? Und warum hatte er gerade hier sterben wollen?

»Sie können ihn mitnehmen«, wandte sich der Commissaire an die Sanitäter.

Ein älteres Ehepaar ging in seine einen Stock höher gelegene Wohnung zurück. Die anderen Schaulustigen wollten alles bis zum Schluß mitkriegen. Ein Inspecteur steckte sich eine Zigarette an.

Es roch penetrant nach Alkohol. Am Boden war viel Blut, desgleichen Gehirnfetzen.

»Kann ich saubermachen?« erkundigte sich eine Frau, die wohl die Concierge war.

»Ja ...« Der Commissaire wandte sich nun wieder an Géraldine. »Dürfte ich Sie bitten, morgen vormittag um elf Uhr in mein Büro zu kommen? Sie müßten mir noch ein paar Routinefragen beantworten.«

»Gut.«

Sie hatte nicht geweint. Ihre Hände zitterten. Bestimmt war ihr sehr kalt.

Lise war einen Moment in ihrer Wohnung verschwunden gewesen; jetzt kam sie mit einem Glas zurück, das sie Géraldine ganz selbstverständlich und ohne große Gesten hinstreckte. »Hier, ein Schluck Rum...«

Géraldine trank automatisch, als ob sie es nicht merkte.

Émile war so ruhig wie der Commissaire und die Sanitäter. Er hatte bis zuletzt das halbe Gesicht und die Gestalt seines Schwagers fixiert, und kein Mensch hätte sagen können, was in seinem Kopf vorging.

»Kommen Sie doch rein und setzen Sie sich einen Moment.«

Géraldine fand die Einladung ganz normal und betrat die Wohnung, in der ein feiner Parfumgeruch hing.

Die Zimmer waren ziemlich groß und in Rosa- und Grautönen gehalten; die Möbel waren überwiegend weiß.

»Setzen Sie sich...«

»Hat er versucht, reinzukommen? Hat er an die Tür geklopft?«

»Nein. Ich habe fest geschlafen und bin durch den Schuß hochgeschreckt. Ich hab nicht gleich gemerkt, daß es hier aus dem Haus kam, bin ans Fenster gegangen und hab auf die Straße rausgeschaut. Dann hab ich auf dem Treppenabsatz Stimmen gehört. Das waren die Leute, die über mir wohnen...«

Sie war groß und schlank wie ein Mannequin. Sie hatte glänzendes schwarzes Haar und ein regelmäßiges

Gesicht, das dick eingecremt war. Das schien sie aber nicht weiter zu stören.

Auch sie betrachtete Fernands Frau neugierig. »Er hat die Waffe noch in der Hand gehalten. Es war ein Trommelrevolver...«

»Mit sehr kurzem Lauf?«

»Ja.«

»Das ist sein Revolver. Es ist mir doch gleich so komisch vorgekommen heute nacht, als er in den Schubladen der Kommode herumwühlte... Er hatte den Revolver schon jahrelang, aber benutzt hat er ihn noch nie. Und er hatte ihn unter der Wäsche versteckt wegen der Kinder...« Sie sagte das ganz mechanisch, wie um etwas gesagt zu haben.

»Dann ist er heute nacht bei Ihnen gewesen?« fragte Lise.

»Ja.«

»Hat er Ihnen gesagt, daß es aus ist zwischen uns?«

»Ja.«

»Und was hatte er vor?«

»Ich weiß nicht recht... Er war derartig betrunken...«

»Wie spät war es, als er wieder weg ist?«

»Ungefähr ein Uhr morgens.«

»Dann hat er also noch weitergetrunken. Er hat dieses... Abschiedswort auf die Karte eines Cabarets in der Rue de Ponthieu geschrieben.«

Émile sah die beiden Frauen abwechselnd an, und seine Miene blieb undurchdringlich.

»Sie trinken doch ein Glas mit?« wurde er gefragt.

»Nein, danke.«

»Also, ich mach mir jetzt einen Drink.«

In einer Ecke des Zimmers stand ein Barschrank. Sie schenkte sich einen Whisky ein.

»Für Sie auch?« fragte sie Géraldine.

»Ja, gern.« Sie hing im Sessel wie ein müder Lappen. »Es ist meine Schuld«, murmelte sie wie zu sich selbst. Oder wie im Beichtstuhl. »Jetzt versteh ich das erst... Er wußte nicht, wo er hin sollte, außer zu uns... Nur zugeben wollte er's nicht.... Er hatte eben seinen Stolz... Er hat nur von Ihnen gesprochen. Ach, ich weiß nicht mehr, ich glaube, ich bringe alles durcheinander... Wenn ich ihm gesagt hätte, er soll dableiben, dann hätte er's getan. Er hätte sich hingelegt und wäre sofort eingeschlafen...«

»Sie können nichts dafür. Als wir vom Büro aus in diese Bar sind, war ich ihm gegenüber auch hart. Was ihn so außer Rand und Band gebracht hat, war dieser Besuch beim Anwalt, dessen Namen ich nicht mehr weiß... Er hat aufgebracht davon erzählt, und ich mußte ihn bitten, leiser zu reden, weil die anderen Gäste sich nach uns umdrehten...« Sie steckte sich eine Zigarette an und hielt auch Émile das silberne Etui hin.

»Nein, danke.«

Géraldine zog kurz nacheinander nervös an ihrer Zigarette. »Ich geh morgen vormittag dann aufs Commissariat. Sie haben mich hinbestellt...«

»Ich bin noch vor Ihnen dran – um zehn...«

Es war schon komisch, den wie fast immer ganz in Schwarz gekleideten Émile in einem Sessel mit weißem Satinüberzug sitzen zu sehen.

»Haben Sie sich etwas erholt?«

»Danke, es geht besser.«

»Ich will ganz offen zu Ihnen sein. Ich wäre damit einverstanden gewesen, mich mit ihm auf die Art zu treffen, wie wir's in der letzten Zeit getan haben. Aber mit ihm leben und Ihre Ehe kaputtmachen, das wollte ich nicht. Ich hab ihm das auch gesagt ... Ich hab ihm auseinandergesetzt, daß sein Plan nicht durchführbar ist, aber je mehr ich geredet habe, desto mehr hat er sich in seine Idee verrannt ...«

»Ja, das ist typisch für ihn.«

»Ich hätte Gott weiß was auf mich genommen, damit es nicht passiert ... Und was hat ihn dazu bewogen, sich vor meiner Wohnungstür umzubringen? Ich hab mich einen Augenblick gefragt, ob das nicht eine Art ... Rache sein sollte.«

»Ich weiß nicht ...«

»Sie fühlen sich noch gar nicht gut, wie mir scheint ...«

»Ich hab irgendwie eine große Müdigkeit in mir ... Ich möchte an nichts mehr denken ...«

»Meinen Sie, Sie schaffen es bis nach Hause?«

Émile hatte noch nie eine Wohnung gesehen, von der so viel feminines Flair ausging. Und das galt auch für Lise selbst, die noch unter der dicken Cremeschicht attraktiv war. Sie hatte die sehr langen Beine übereinandergeschlagen, so daß die Zipfel ihres Morgenrocks etwas auseinanderklafften.

Géraldine stand auf. »Ich danke Ihnen«, sagte sie tonlos. »Mein Bruder bringt mich nach Hause.«

Sie wandte sich zur Tür, und Lise folgte ihr mit wiegenden Schritten. »Wenn ich noch irgend etwas für Sie tun kann...«

Géraldine ließ es bei einem dünnen Lächeln bewenden, zögerte und streckte der anderen die Hand hin.

»Warten Sie, ich hole Ihnen den Aufzug hoch...«

Géraldine und ihr Bruder stiegen ein. Sie schwebten nach unten, und Lise war innerhalb von Sekunden aus ihrem Blickfeld.

»Ich kann Fernand verstehen...«

Émile sah sie nur fragend an.

»Sie ist schön – soviel schöner als ich! Und außerdem war ich nie wirklich schön, das weißt du ja selber. Noch nicht mal als kleines Mädchen... Und jetzt, nach drei Geburten, wie seh ich da aus... Er hat sie geliebt. *Sie* hat er um Verzeihung gebeten, bevor er starb...«

Sie traten auf die Straße hinaus und gingen in Richtung Champs-Elysées, um dort ein Taxi zu nehmen.

»Glaubst du, er wäre bei mir geblieben, wenn ich ihn heute nacht zurückgehalten hätte?«

»Nein.«

»Warum?«

»Aus Stolz.«

»Oder auch, weil er sie zu sehr geliebt hat.«

»Mit dem Wort kann ich nichts anfangen.«

»Mit welchem Wort? Liebe?«

»Ja.«

»Glaubst du nicht, daß es das gibt?«

»Nein.«

»Liebst du deine Frau nicht?«

»Nein.«

Sie kamen gerade unter einer Gaslaterne vorbei, und sie sah ihn mißbilligend an.

»Also, ich glaube dran ... Ich hab ihn geliebt.«

Émile winkte einem Taxi, das leer vorbeifuhr. »Boulevard Diderot ...«

Virieu konnte sich nicht daran erinnern, jemals so spät in der Nacht unterwegs gewesen zu sein. Er hatte das Gefühl, daß der Himmel im Osten von Paris schon etwas heller war. Géraldine fror wirklich. Aber er brachte es nicht über sich, ihr ganz einfach den Arm um die Schultern zu legen.

In der Gegend des Gare de Lyon war Betrieb, der Boulevard Diderot jedoch lag ausgestorben da.

»Welche Hausnummer?«

»Nummer 82 ...«

Er bezahlte. »Ich geh mit dir rauf ... Ich will sicher sein, daß nichts passiert.«

Für seine Verhältnisse war das viel. Als sie dann in der Wohnung waren, machten sie im Wohnzimmer und im Schlafzimmer Licht. Das Bett lag aufgeschlagen da.

»Zieh dich aus... Ich warte solang nebenan.«

»Komm, erzähl mir vorher noch was. Ich hab Angst davor, jetzt allein zu sein. Sag einfach irgendwas ...«

»Ich hab leider gar nichts zu sagen ... Ich glaube, das konnte so nicht weitergehen, das konnte nicht noch schlimmer werden. Die Schmerzgrenze war erreicht.«

»Zwischen ihm und ihr?«

»Zwischen euch dreien ...«

»Was soll ich den Kindern sagen?«

»Die Wahrheit ... Sie lesen es ohnehin in der Zeitung.«

Jetzt kam Patrick ins Zimmer. Er war barfuß, hatte wild zerzaustes Haar und runzelte die Stirn.

»Was ist denn das für ein Theater hier? Man kommt ja überhaupt nicht mehr zum Schlafen ...«

»Setz dich, Patrick.«

»Wo ist Vater?«

»Ich muß dir was Schlimmes sagen ...«

»Hat er einen Autounfall gehabt?«

»Nein. Er ist tot ...«

»Wieso? Er war doch nicht krank.«

»Er hat sich heute nacht umgebracht. Mit seinem Revolver erschossen.«

Der junge Mann sah sie ungläubig an, dann wanderte sein Blick zu seinem Onkel, der ihm in seinem schwarzen Anzug wie ein Unglücksrabe erscheinen mußte.

»Wo ist er?«

»Im Gerichtsmedizinischen Institut.«

»Warum ist er nicht hierher gebracht worden?«

»In Fällen von Selbstmord muß das eben so gemacht werden.«

»Wo hat er das gemacht?«

Géraldine wandte sich zu ihrem Bruder. Sie konnte nicht mehr. Es war geradezu ein Wunder, daß sie bis jetzt durchgehalten hatte.

»Du wirst ja wohl gewußt haben, daß dein Vater eine Geliebte hatte, nicht wahr?«

»Nicht nur eine. Er hat viele gehabt.«

»Aber mit der letzten war's eine ernstere Sache. Die

Meldung wird ohnehin morgen in den Zeitungen stehen.«

»Also hat er sich bei ihr...«

»Vor ihrer Wohnungstür.«

»Dann wollte sie nichts mehr von ihm wissen?«

»Ich glaube, er wollte euch nicht verlassen; aber sie zu verlassen, das brachte er auch nicht über sich...«

»Armer Papa...« Der junge Mann stieß einen Seufzer aus und stand dann auf. Dann küßte er seine Mutter auf die Stirn und streichelte ihr übers Haar. »Arme Mama...« Und im nächsten Augenblick dachte er schon an etwas anderes. »Ich hab morgen vormittag einen Kurs, der ist wichtig für mich. Kann ich hingehen?«

»Aber ja.«

»Dann brauchst du mich nicht?«

Jetzt tauchte auch Marie-Lou auf, die sich die Augen rieb. »Was geht hier eigentlich vor?«

Ihr Bruder machte nicht viel Federlesens. »Vater ist tot.«

»Was?«

»Er hat sich erschossen. Mit 'ner Kugel in den Kopf.«

»Stimmt das, Mama?«

»Ja.«

»Weshalb?«

»Das weiß man nicht so genau.«

»Und was machen wir jetzt?«

»Das wird sich später zeigen...«

»Dann mußt du wohl arbeiten gehen, oder? Und wir müssen vielleicht auch umziehen, weil die Miete zu teuer ist...«

Jetzt schlief nur noch Serge, der dritte, der erst zwölf war.

Émile stand auf. »Hast du ein Schlafmittel da?«

»Ja. Fernand hat manchmal eines gebraucht.«

»Nimm du jetzt auch eines, und leg dich so schnell wie möglich hin. Ich bin morgen den ganzen Vormittag und den ganzen Nachmittag über in der Druckerei. Ruf mich an, wenn du irgendwas brauchst, egal was ...«

Er sah die drei an, die im hellen Schein der Wohnzimmerlampe wie erstarrt dastanden, und wandte sich zur Tür.

Die Kinder hatten alle beide keine Träne vergossen. Der Junge hatte von seinem Kurs am nächsten Vormittag gesprochen, und das Mädchen hatte sich Gedanken wegen der Zukunft und der Wohnungsmiete gemacht.

Draußen war kein Taxi in Sicht, und er ging daher langsam in Richtung Bahnhof, wobei er sich automatisch in der Nähe der Hauswände hielt. Vom Bahnhof her hörte man Lokomotiven rangieren, und der Himmel hatte sich jetzt gelblich-rosa gefärbt.

Er ging zum Bahnhofsbuffet und trank einen Kaffee, wie sich das erst kürzlich ergeben hatte. Unter dem hohen Glasdach des Bahnhofs war schon viel los, und es herrschte ein reges Kommen und Gehen.

Es wäre ihm schwergefallen, genau zu sagen, woran er dachte. Er hatte nicht eine Sekunde lang seinen Gleichmut verloren. Er hatte kein Mitleid empfunden.

Er hatte starr auf seinen Schwager geblickt, auf die große Gestalt, die ausgestreckt auf dem Treppenabsatz lag, und vielleicht war in seinem tiefsten Innern und unbewußt so etwas wie Neid in ihm gewesen.

## 5

Als er um sieben Uhr erwachte, hörte er kein Schreibmaschinengeklapper. Es war, als ob etwas fehlte. Jede Änderung in seinem gewohnten Tagesablauf rief bei ihm ein undefinierbares Angstgefühl hervor. Als er ins Wohnzimmer kam, saß Jeanne da und schaute zu, wie der Hund fraß und immer mal zu ihr aufsah, als habe er Angst, sie könnte ihm das Futter wegnehmen.

Sie wünschten sich wie jeden Tag wortkarg einen guten Morgen.

Dann ging er in die Küche und goß sich seine erste Tasse Kaffee ein.

Die Ferien waren endlich vorüber. Vorüber war auch die Sache mit seinem Schwager – sein Leben, die damit verbundene Tragödie.

Er duschte, rasierte sich und zog sich seiner Gewohnheit entsprechend an – das heißt mit genau abgezirkelten Bewegungen, die er in einer bestimmten Reihenfolge und innerhalb einer bestimmten Zeit durchführte.

Er hatte nicht viel geschlafen, und er spürte es. Der Frühstückstisch war gedeckt, als er fertig war: seine beiden weichen Eier, das Brot, die Butter, der Kaffee für seine zweite Tasse.

»Du weißt wohl noch nicht, wann er beerdigt wird?«

»Nein.«

»Ob die Lamarks ein Familiengrab haben?«

»Das weiß ich nicht.«

»Stammt er hier aus Paris?«

»Keine Ahnung. Ich kann mich nur daran erinnern, daß er seine Eltern schon vor langer Zeit verloren hat.«

Um halb neun griff er nach seinem schwarzen Hut, ging zur Tür und öffnete. Im gleichen Moment wurde die Wohnungstür von gegenüber zugemacht, und eine junge Frau – fast noch ein Kind – blieb eine Sekunde wie angewurzelt stehen.

Sie hatte eine Einkaufstasche in der Hand, und sie wollte ihn vorbeilassen.

»Nach Ihnen«, sagte er.

Auch sie sah ihn an – so, als ob ihr etwas an ihm auffiele. Es war selten, daß die anderen Leute ihn wie jeden anderen Straßenpassanten ansahen. Das hing vielleicht mit seinem starren, introvertierten Blick zusammen oder auch damit, daß seinem Gesichtsausdruck jede Vitalität fehlte.

Er wirkte eher wie ein pflanzliches Lebewesen oder wie jemand, dessen Wahrnehmungsfähigkeit ganz nach innen gekehrt ist.

Die Haut der jungen Frau war sehr weiß und zart wie bei einem Baby. Die strohblonden Haare waren gelockt, und der breite Mund neigte zum Lächeln.

Sie blieb in der milden Morgensonne ein paarmal vor den Auslagen der Geschäfte stehen. Und da sie in die gleiche Richtung ging wie er, sah es so aus, als liefe er hinter ihr her. Sie drehte sich zweimal um, und beide Male schien sie erstaunt, ihn hinter sich zu sehen.

Sie betrat schließlich die Metzgerei, in der sie selber ihr Fleisch einkauften, und er setzte nicht ohne einen Anflug von Bedauern seinen Weg fort.

In der Rue du Saint-Gothard fand er wieder seinen gewohnten Alltag vor – die Druckerei mit den laufenden Maschinen, den guten Geruch von heißem Öl und Blei.

Er ging in den ersten Stock hinauf. Monsieur Jodet war schon in seinem Büro und diktierte seine Korrespondenz. Er stand auf und drückte Virieu mit besonderem Nachdruck die Hand.

»Mein aufrichtiges Beileid ... Ich habe die Meldung im Radio gehört ... Das muß ja ganz unerwartet gekommen sein.«

Émile reagierte nur mit einer unbestimmten Handbewegung.

»Wie waren Ihre Ferien in Italien?«

»Schön.« Er war seinem Chef gegenüber auch nicht redseliger als bei den anderen Leuten. Er setzte immerhin hinzu: »Es war heiß.«

»Na ja, heiß ist es überall gewesen, sogar in Deauville ... Auf Ihrem Schreibtisch liegen zwei Sätze von Fahnenabzügen. Die politische Sache ist eiliger als das andere.«

Dann war er endlich wieder in seiner Ecke, seinem Käfig, der ihn gegen alles abschirmte, was es außerhalb gab. Kaum, daß er nach soundso vielen Jahren ein paar der Männer mit Namen kannte, die praktisch vor seiner Nase an den Maschinen standen. Einer war dabei, der immer ein hochrotes Gesicht hatte, und ein anderer hatte einen Klumpfuß. Der Vorarbeiter war grauhaarig und hatte einen Bürstenschnitt. Émile sah den Leuten manchmal zu, gleichsam ohne sie zu sehen.

Er fühlte sich den ganzen Vormittag über in Form. Er arbeitete langsam und minutiös. Er war ein Perfektionist; grammatikalische Fehler waren ihm ein Greuel. Und die fand er in fast allen Texten, auch in solchen von Lehrern und Akademikern.

Die Zeit bis zum Mittagessen verging ihm schnell. Der Hund kläffte und schnappte schwanzwedelnd nach seinen Hosenbeinen.

»Du kannst dir gar nicht vorstellen, was das ausmacht, sich nicht allein zu fühlen... Er kennt mich schon. Wenn ich arbeite, sieht er mich neugierig an und überlegt wahrscheinlich, was ich da mache.«

In der Wohnung gegenüber lief das Radio. Ob der Ehemann daheim war?

Es gab zuerst Garnelen mit Weißbrot und Butter, danach Kalbskoteletts mit Spinat und hinterher eisgekühlten Obstsalat.

»Hat niemand angerufen?«

»Nein.«

Als er die Wohnung verließ, warf er automatisch einen Blick auf die Tür gegenüber. Das Radio lief immer noch.

Gegen drei Uhr läutete in seinem Käfig das Telefon.

»Ein Gespräch für Sie, Monsieur Virieu...«

Es war Géraldine, und er nahm es ihr übel, daß sie dergestalt in seinen privaten Bereich eindrang.

»Wie geht's, Émile? Bist du noch müde?«

»Und du?«

»Ich hab mich um die Kinder kümmern müssen. Ich

bin sehr wenig zum Schlafen gekommen ... Um elf bin ich dann aufs Commissariat gegangen. Der Commissaire hat mich 'ne Menge gefragt. Er wollte vor allem wissen, ob ich über Fernands Verhältnis informiert war und ob er mir was von seinen Scheidungsabsichten gesagt hatte.

›Die Autopsie hat stattgefunden‹, hat er mir mitgeteilt. ›Es besteht kein Zweifel, daß es sich um einen Selbstmord handelt.‹

›Ja, um was denn sonst?‹ hab ich ihn gefragt.

›Wir müssen immer die Möglichkeit eines Mordes in Betracht ziehen.‹

›Wer hätte ein Interesse daran haben sollen, ihn umzubringen?‹ wollte ich wissen.

›Es gab schließlich zwei Frauen in seinem Leben‹, hat er mit einem schwachen Lächeln gemurmelt.

Also, was diese Lise ihm erzählt hat, weiß ich nicht. Ich für meinen Teil hab ihm jedenfalls die Wahrheit gesagt – einschließlich der Tatsache, daß Fernand volltrunken war ...

›Das steht auch im Autopsiebericht‹, hat der Commissaire bestätigt. ›Er hatte ein unglaubliches Quantum geschluckt.‹

Aber deswegen ruf ich nicht an, Émile. Der Commissaire hat mir gesagt, daß Fernands Leiche jetzt freigegeben ist. Er wird also hierher gebracht. Ich hab jemand vom Bestattungsinstitut kommen lassen, weil ich keine Ahnung habe, wie sowas vor sich geht ... Die Beerdigung ist also am Freitag ...«

»Um wieviel Uhr?«

»Das weiß ich noch nicht. Ich hatte vorhin einen Anruf von Papa, er hat die Meldung im Radio gehört ... Er wollte wissen, ob er den Laden schließen und kommen soll. Aber das wollte ich nicht ... Sobald ich mehr weiß, ruf ich dich wieder an.«

Für ihn war die Geschichte erledigt; was jetzt noch kam, waren reine Formalitäten. Die Leiche, das war nicht mehr Fernand. Das war nur noch tote Materie, und die hätte von jedem anderen sein können.

Eine Stunde später rief seine Schwester nochmals an, und er machte aus seiner Ungeduld keinen Hehl.

»Tut mir leid, Émile. Ich weiß, du hast deine Arbeit. Aber ich hab ja sonst niemand, an den ich mich wenden könnte.«

»Ich höre«, sagte er und hätte beinahe hinzugefügt: ›Aber mach's kurz!‹

»Der Mann vom Bestattungsinstitut ist nochmals dagewesen, und ich glaube, es ist jetzt alles geregelt. Die Leiche kommt in etwa einer Stunde; sie wird im Gästezimmer aufgebahrt, das wir aber nicht als Trauerkapelle schmücken wollen. Der Sarg wird wegen der Gesichtsverletzung gleich geschlossen ... Der Mann hat mich noch gefragt, welcher Religion wir angehören, und ich habe ihm gesagt, daß wir katholisch erzogen sind, daß wir aber seit der Heirat, beziehungsweise schon vorher, keine praktizierenden Katholiken mehr gewesen sind. ›Sie sollten Ihrer Freunde wegen nicht auf ein kirchliches Zeremoniell verzichten‹, hat er mir geraten, und es wird daher um zehn Uhr vormittags eine Trauerfeier in Notre-Dame-de-Bercy abgehalten ... Am schwierigsten war die Sache mit der Grabstätte. Es ist nirgendwo eine frei in einem der nähergelegenen Friedhöfe von Paris. Das Bestattungsinstitut hat nur auf dem Friedhof von Bagneux einen freien Platz auftreiben können.«

»Warum nicht?« murmelte er gleichgültig.

»Also, ich weiß nicht. Mir kommt's komisch vor, ihn in der Banlieue beerdigen zu lassen... Ich glaub, da bin ich noch kein einziges Mal gewesen, in Bagneux... Wir haben dann auch die Transportfrage besprochen, wieviel Wagen wir brauchen... Es werden bestimmt Kollegen von Fernand da sein, und...«

Er hörte nur noch zerstreut zu. Er hörte sie etwas von fünf, dann von sechs Wagen sagen und von Leuten, die mit dem eigenen Wagen kommen würden.

»Das Telefon läutet die ganze Zeit. Und ich muß ja wohl oder übel abnehmen...«

Fernand Lamark war bereits nur noch Ursache von Scherereien.

»Glaubst du, ich soll dieser Frau eine Todesanzeige schicken?«

»Warum nicht?«

»Ist das nicht komisch?«

»Sie hat mit ihm in einem Betrieb gearbeitet. Und sie wird bestimmt mit den anderen Kollegen kommen...«

»Also gut. Ich hoffe, ich muß dich nicht noch mal stören. Kommst du am Freitag?«

»Ja.«

»Deine Frau auch?«

»Bestimmt...«

Jeanne mußte Beerdigungen eigentlich mögen. Viele Frauen gehen gern zu Beerdigungen.

Nachdem er den Hörer aufgelegt hatte, seufzte er tief auf und beugte sich wieder über seine Fahnenabzüge.

Zu Hause teilte er Jeanne dann Tag und Stunde der Trauerzeremonie mit.

»Aber der Hund...«, wandte sie ein. »Da bleibt er ja ganz allein!«

»Das wird ihm immer mal wieder passieren.«

»Er ist doch noch so jung... Nicht wahr, Noris?«

Er konnte sich nicht an diesen Namen gewöhnen. Er überlegte sich jedesmal, wer gemeint war, wenn sie den Namen nannte.

Sie setzten sich vor das Fernsehgerät. Es wurde ein Theaterstück gezeigt, das komisch sein sollte. Sie konnten alle beide nicht darüber lachen, und sie gingen um halb elf zu Bett.

»Gute Nacht, Émile...«

»Gute Nacht, Jeanne...«

Wieviel tausend Mal mochten sie diese Worte schon ausgesprochen haben?

Am folgenden Morgen ging die gegenüberliegende Wohnungstür genau in dem Moment auf, in dem auch er die Tür öffnete. Die Kindfrau lächelte ihm zu. Wie man jemandem zulächelt, den man vom Sehen kennt. Sie trug ganz eng anliegende graue Hosen und ein leichtes Sweatshirt, unter dem sehr kleine, spitze Brüste zu ahnen waren.

Er ging wie tags zuvor hinter ihr her. Sie blieb vor den gleichen Schaufenstern stehen, ging jedoch am Metzgerladen vorüber und betrat das Feinkostgeschäft. Als er vor dem Schaufenster vorbeikam, lächelte sie wieder – er war sich jedoch nicht sicher, ob es ihm galt.

Es gibt ja Leute, die lächeln einfach nur so; sie lächeln dem blauen Himmel zu, dem bunten Treiben auf der Straße, ihren eigenen Gedanken.

In seinem Käfig vermied er es, an sie zu denken. Er interessierte sich nur für sie, weil sie seine Nachbarin von gegenüber war und morgens gleichzeitig mit ihm aus dem Haus ging. Er hatte sich nicht verliebt. Und er fühlte sich auch körperlich nicht von ihr angezogen.

Ihren Mann kannte er noch nicht. Er hatte schon zwei Tage lang seine Stimme nicht gehört. Ob er verreist war?

Als er am Spätnachmittag heimkam, blieb er vor der Loge der Concierge stehen und ging dann hinein.

»Mir ist aufgefallen, daß wir neue Nachbarn haben...«

»Ja. Sie machen beide einen sehr netten Eindruck, und so gepflegt und korrekt... Sie sind erst seit drei Monaten verheiratet. Sie stammen aus zwei Nachbargemeinden in der Gegend von Straßburg. Sie kommt einem wie ein kleines Mädchen vor, er dagegen ist zwei Kopf größer als sie... Er ist Handelsvertreter und zweimal die Woche weg, mal zwei, mal drei Tage...«

Er verübelte es sich, überhaupt nach ihnen gefragt zu haben. Was ging ihn das überhaupt an?

Oben stand die gegenüberliegende Tür halb offen, das Fenster war ebenfalls geöffnet, und die junge Frau saß in der gleichen Aufmachung wie am Morgen da, las in einem Comicheft und hatte dabei das Radio laufen.

Sie sah nicht auf, und er hielt nur kurz in der Bewegung inne. Hatte sie ihre Tür nur geöffnet, um an einem drückend heißen Tag wie heute Durchzug zu machen? Oder war das seinetwegen …?

Er zuckte die Achseln. Keine Frau hatte sich jemals in ihn verliebt. Und es hatte sich auch nie eine für sein Tun und Lassen interessiert.

Es war noch fast zwei Stunden Zeit bis zum Abendessen, und er las solange ziemlich zerstreut in einem Buch.

Morgen war die Beerdigung. Und danach war der Fall Lamark endgültig abgeschlossen.

»Was meinst du, sollten wir nicht zum Boulevard Diderot und bei ihr reinschauen?«

»Üblich ist es so, ja. Hast du Blumen geschickt?«

»Nein.«

Sie verließen das Haus. Ein Stück weiter oben in der Straße war ein Blumengeschäft.

»Wähl du aus«, sagte er zu seiner Frau.

Es kam ihm lächerlich vor, einem Toten Blumen zu schicken. Sie wählte natürlich Chrysanthemen. Sie fragte ihn, ob er eine Visitenkarte dabei habe, und bezahlte.

Danach stiegen sie in die Metro. Während der Fahrt schwiegen sie beide.

Es war kein schwarzer Trauerflor um die Tür drapiert, wie er das von früher her kannte. Nichts wies darauf hin, daß ein Toter im Haus lag. Die Wohnungstür war nur angelehnt, so daß die Besucher hereinkonnten.

Géraldine, die sich im Salon aufhielt, kam gleich auf sie zu. »Ich war sicher, daß ihr kommen würdet … So viele Besucher hatte ich gar nicht erwartet... Alle seine Freunde und Kollegen sind dagewesen und auch andere Leute, wahrscheinlich Geschäftskontakte, die ich gar nicht kenne.«

»Ist Lise auch gekommen?«

»Ja. Sie war mit einer Kollegin da. Sie hat mich erst unschlüssig angesehen und mir dann einen Gruß zugenickt. Dann ist sie ins Totenzimmer gegangen... Weißt du, daß mir das alles ganz unwirklich vorkommt, Émile? Ich hab gar nicht das Gefühl, daß er hier in der Wohnung ist – noch nicht mal, daß er tot ist...«

Das Gästezimmer war voller Blumen, der Sarg war hell und hatte versilberte Griffe und Beschläge. Es brannten zwei Kerzen, die einen faden Geruch verbreiteten.

»Was machen die Kinder?«

»Sie sind jetzt schon dran gewöhnt...«

»Sind sie bei der Trauerfeier dabei?«

»Nur Patrick... Die beiden anderen sind noch zu jung.«

»Hast du Geld?«

»Ja. Ich hab welches auf der Bank abgehoben, und sie haben keine Schwierigkeiten gemacht. Der Versicherungsvertreter war auch da. Fernand hatte eine Lebensversicherung über hunderttausend Francs abgeschlossen... Er hatte mir gar nichts davon gesagt. Zuerst, also gleich nach unserer Heirat, waren es nur fünfzigtausend Francs, aber nach der Geburt des ersten Kindes hat er den Betrag verdoppelt... Wenn die Versicherung vor weniger als einem Jahr abgeschlossen worden wäre, hätte ich nichts bekommen, weil es Selbstmord war... In diesen Dingen kenn ich mich ja gar nicht aus.«

Zum Abendessen saßen sie beide wie immer einander gegenüber. Sie stellten das Fernsehgerät an, um die Nachrichten zu hören. Danach wurde eine Afrika-Reportage angesagt.

»Was hat sie eigentlich gemacht, als sie nach Paris gekommen ist?«

»Sie war Verkäuferin in einem Geschäft in der Rue Royale...«

»Ach, sie war nicht Stenotypistin?«

»Typistin schon, aber zu Steno hat sie's nie gebracht.«

Er hätte beinahe dazugesagt: Sie ist nicht übermäßig intelligent...

Aus seiner Sicht stimmte das. Er hatte sie wieder als Heranwachsende vor sich; die Art, wie sie mit ihren Freundinnen verkehrte – entweder zu ihnen hinlief oder sie bei sich im Zimmer hocken hatte... Sie hatte ein Techtelmechtel mit einem Jungen aus dem Ort gehabt, dem Sohn des Radio- und Phonohändlers. Die Trennung war dann offenbar recht dramatisch gewesen, aber sie hatte ihrem Bruder nicht ihr Herz ausgeschüttet. Gott sei Dank, denn sowas konnte er nicht ausstehen. Altersmäßig waren sie nur etwas über ein Jahr auseinander, aber es gab keine Vertrautheit zwischen ihnen.

Er war als erster nach Paris gegangen. Sie hatte es ihm bald nachgemacht, aber sie hatten sich fast nie gesehen. Sie hatte eine ganze Weile in einem kleinen Hotel unweit der Gare Montparnasse gewohnt und dort das Zimmer mit einem anderen Mädchen geteilt.

Sie würde bestimmt Arbeit finden. Sie war immer noch eine nette, angenehme Erscheinung und auch recht elegant.

Die Afrika-Reportage war nicht schlecht und ging erst um Viertel vor elf zu Ende. Émile ging es gegen den Strich, daß er nicht pünktlich ins Bett kam. Noris kümmerte sich nicht ums Fernsehen; er lag auf dem Bauch und schlief mit der Schnauze in seinem Kissen.

»Gute Nacht, Jeanne ...«

»Gute Nacht, Émile ...«

War er glücklich? War er unglücklich? Er stellte sich diese Frage nicht. Er war weder das eine noch das andere. Er lebte. Er richtete sich in seiner Einsamkeit ein, so gut er konnte.

Waren es die anderen, die ihn nicht akzeptierten? Oder hielt *er* sich freiwillig im Abseits?

Vielleicht traf beides zu. Und das reichte sehr weit zurück – in seine Kindheit, als er keine Freunde und Spielkameraden gehabt hatte. Die anderen Jungen hatten sich über ihn lustig gemacht und behauptet, er habe Glotzaugen. Sie taten so, als hätten sie Angst vor ihm.

›Achtung ...! Der Teufel kommt!‹

Er hatte sich schließlich daran gewöhnt und eine Art bitterer Befriedigung daran gefunden.

»Warum gehst du nicht raus und spielst mit den Kindern von nebenan?«

»Ich habe keine Lust ...«

Wozu auch sollte er seiner Mutter sagen, daß er für die von nebenan der Teufel war?

Später, als junger Mann, hatte er keinen Versuch unternommen, sich an die Mädchen heranzumachen. Auch sie musterten ihn skeptisch.

Im übrigen interessierten sie ihn nicht. Er interessierte sich einfach nicht für Menschen. Sie kamen ihm auf der Straße entgegen; er warf ihnen einen raschen Blick zu und schaute dann schnell woanders hin.

Er schlief bis sieben Uhr, und diesmal hörte er das Geklapper der Schreibmaschine beim Aufwachen. Als er durch das Wohnzimmer zur Küche ging, um sich seine Tasse Kaffee einzuschenken, war der Hund gerade mit seinem Fressen fertig und stieß den Napf mit der Schnauze weg.

Die Kirche war fast voll; sie war allerdings auch nicht groß. Der Sarg wurde hereingetragen, und es wurde ein schwarzes Tuch mit einem silbernen Kreuz darüber gebreitet. Dann wurden ringsum die Kränze und Blumengebinde arrangiert.

Fernands Chef war mit gut der Hälfte der anderen Mitarbeiter gekommen. In der ersten Reihe saßen nur Géraldine, ihr Sohn Patrick im braunen Anzug, Émile und Jeanne.

Der Ordner wies den Leuten beim Betreten der Kirche jeweils einen Platz zu. Die Orgel spielte halblaut und getragen, und als die Musik endete, trat der Priester aus der Sakristei, gefolgt von einem Ministranten.

Es wurde keine Messe gelesen. Es war lediglich eine Andacht. Émile, der seit seiner Kindheit keinen Fuß mehr in eine Kirche gesetzt hatte, hatte jetzt zum erstenmal Gelegenheit, die Texte aus der Liturgie auf französisch zu hören.

Er hörte zerstreut zu. Er hatte die Nachbarin von gegenüber verpaßt. Das war nun Gewohnheit geworden.

Lise war auch da und saß bei den anderen Angestellten der Werbeagentur. Sie war elegant und als einzige ganz in Schwarz. Géraldine hatte sich nicht eigens ein Kleid für die Beerdigung gekauft. Ihr Kleid war auch schwarz, hatte aber einen weißen Besatz.

»Unser täglich Brot gib uns heute ...«

Émile sah seinen sinnlos betrunkenen Schwager wieder vor sich, wie er vor vier Tagen versucht hatte, ihm seine seelische Verfassung auseinanderzusetzen. Er hatte nicht vom Tod gesprochen, sondern vom Leben – natürlich von einem Leben mit Lise –, und er hatte es nicht zulassen wollen, daß ihm dieses Leben vorenthalten wurde. In dem, was er sagte, war laufend das Wort ›Liebe‹ vorgekommen.

›Also, ich glaube dran ... Ich habe ihn geliebt‹, hatte seine Schwester gesagt.

Lise war da, sie saß in der dritten Reihe. Auch Fernand war da, dort vorn in der fest verschlossenen Eichenkiste.

Jetzt kamen vier kräftige Männer und hoben ihn hoch. Die Kirche war abgehakt, blieb nur noch der Friedhof. Die Trauergemeinde wandte sich zum Ausgang, vorneweg die Familie. Sie wurden alle vier in den vordersten Wagen gebeten. Andere Leute wurden in die folgenden Wagen verfrachtet, und viele waren im eigenen Pkw gekommen.

Sie fuhren durch Paris und gelangten in die Banlieue.

»Er hatte nur Freunde«, sagte Géraldine.

Er verbrachte den Nachmittag in seinem Glaskäfig. Als er nach Hause kam, stand seine Frau mit etwas verlegener Miene von ihrer Arbeit auf, um ihn zu begrüßen. Sie hatte gerade das letzte Kapitel ihrer Übersetzung redigiert.

»Vor etwa einer halben Stunde war Besuch da – die kleine Frau von gegenüber, die schon mal gekommen ist, um Salz zu borgen. Heute wollte sie uns gegen acht Uhr zum Kaffee einladen. Ihr Mann, der fast die ganze Zeit auf Reisen ist, ist wieder zurück ... Ich war unschlüssig, wußte nicht, was ich ihr antworten sollte. Ich hab ihr schließlich gesagt, daß es von dir abhängt, daß du manchmal noch Arbeit mit nach Hause bringst ... Sie ist noch das reinste Kind. Sie mochte sich gar nicht von Noris trennen, der ihr das Gesicht abgeleckt hat ...« Sie sah ihn an und wartete auf seine Antwort.

»Wir gehen hin«, sagte er zu ihrer Überraschung.

»Macht es dir nichts aus, wenn du nicht deinen gewohnten Feierabend hast?«

»Früher oder später müssen wir's ja doch hinter uns bringen.«

Er setzte seine schwarz eingefaßte Brille auf, um im Sessel seine Zeitung zu lesen. Das war fällig um diese Zeit. Sein Blick wanderte über die Zeilen, ohne daß er immer alles mitbekam.

Er war überrascht. Wahrscheinlich hatte *sie* ihrem Mann vorgeschlagen, sie einzuladen. Aber warum?

Er konnte sich nicht vorstellen, daß sie verliebt war. Aber was dann? Steckte nur Neugier dahinter wie bei den Leuten, die sich auf der Straße nach ihm umdrehten?

Gleich hatte sie Gelegenheit, ihn aus der Nähe zu sehen, ihn sprechen zu hören. Er war ungeduldig, wußte aber nicht, warum. Auch er freute sich, bei ihr drüben zu sein, sie in ihrer Umgebung zu sehen und ihr zuzuhören.

Sie aßen etwas früher als gewöhnlich zu Abend. Dann gingen sie auf die gegenüberliegende Tür zu. Émile konnte endlich diese Schwelle überschreiten.

Sie läuteten. Sie öffnete die Tür ganz weit, und sie trug ein rosa Kleid mit Volants wie ein kleines Mädchen, das sonntags auf der Dorfstraße ausgeführt wird.

»Ich freue mich so, daß Sie gekommen sind ...« Sie hatte eine recht hohe Stimme, und ihr Elsässer Akzent machte einen besonderen Reiz aus. »François ...!« rief sie nach innen. »Bitte treten Sie ein. Mein Mann kommt sofort.«

Sie führte sie in ein Wohnzimmer, das ganz genau so geschnitten war wie ihr eigenes.

Der Ehemann kam herein, und er wirkte neben seiner sehr kleinen Frau groß und kräftig wie ein Catcher. Er streckte ihm die Hand entgegen, drückte die seine viel zu fest und verbeugte sich vor Jeanne.

»Lina hat mir gesagt, wie nett Sie zu ihr waren. Sie vergißt immer etwas. Beim Umzug war's ja wenigstens nur das Salz ...«

Sein Akzent war nicht so stark ausgeprägt wie bei seiner Frau. Er war rothaarig und hatte eine grobe großporige Haut, ähnlich wie bei manchen Orangen. Die Augen waren sehr hell.

»Bitte, nehmen Sie Platz ...«

Das Mobiliar bestand aus schweren alten Elsässer Möbeln mit viel Schnitzwerk. Die Sessel waren mit einem derben, kleingeblümten Baumwollstoff überzogen. Die beiden Türflügel des Eßzimmerbuffets waren in kräftigen Farben mit Jagdszenen bemalt.

Émile hatte nicht erwartet, daß man für sie den Tisch gedeckt hatte. Es waren vier Gedecke aufgelegt, und die Dessertteller hatten einen breiten Goldrand.

Die Tischdecke war von Hand verschiedenfarbig bestickt. Ob sie das selber gestickt hatte?

In der Mitte schließlich stand ein gewaltiger Kuchen.

Jeanne fühlte sich nicht sonderlich wohl; sie hatte sich vorn auf die Sesselkante gesetzt und hielt mit beiden Händen die auf den Knien abgestellte Tasche fest.

»Wohnen Sie schon lange hier?«

Émile überließ die Antwort seiner Frau.

»Fünfundzwanzig Jahre ...«

»Es ist ganz amüsant hier in unserem Viertel, nicht wahr? Morgens stehen auf der anderen Straßenseite all die vielen Obst- und Gemüsekarren ... Und die Marktfrauen rufen einem was zu und machen Späße.«

»Lina mag das Leben und Treiben auf der Straße sehr«, sagte der Mann zu seiner Frau gewandt. »Sie hat mehr davon als ich, weil ich ja fast ständig unterwegs bin ... Ich vertrete ein großes Kugellagerwerk, und ich muß die Kunden in der Provinz besuchen.«

»Er läßt mich die ganze Zeit allein ...«, murmelte Lina. »Ich hoffe, er kriegt bald einen festen Posten, vielleicht in einem der Direktionsbüros. Ich hab schließlich geheiratet, um meinen Mann bei mir zu haben. Und nicht nur samstags und sonntags ...«

Es war viele Jahre her, daß Émile so wie hier mit anderen zusammengesessen hatte. Sie waren ab und zu auf einen Sprung bei Géraldine und ihrem Mann gewesen, aber dort hatte man ihretwegen keine Umstände gemacht.

Von Zeit zu Zeit waren sie auch nach Étampes gefahren, wo sie wohl oder übel Torte essen mußten, aber der Vater saß mit nackten Armen in seiner Arbeitskleidung da, und die Mutter behielt ihre weiße Schürze an.

»Ach, da hab ich wieder was vergessen! Sie müssen mir ja noch sagen, ob Sie Kaffee oder Tee trinken.«

Jeanne sah ihren Mann an.

»Ein wenig Kaffee, wenn's Ihnen keine Mühe macht«, sagte er.

»Ich heiße Franz Keller... Und wie ist Ihr Name – wenn's nicht indiskret ist, das zu fragen? Wir sind ja jetzt Nachbarn...«

»Émile Virieu. Ich bin Korrektor in einer Druckerei, und mein Arbeitsplatz ist weniger als eine halbe Stunde entfernt.«

Die junge Frau war aufgestanden. Sie wiegte sich in den Hüften, als sie in die Küche ging. Sie blieb eine ganze Weile weg, und Émile ertappte sich dabei, wie er ungeduldig zu der Tür hinübersah, durch die sie verschwunden war.

Sie tauchte dann mit einer silbernen Kaffeekanne wieder auf. Wahrscheinlich ein Hochzeitsgeschenk.

»Sie haben scheint's einen sehr hübschen kleinen Hund...«

»Ja, aber erst seit ein paar Tagen.«

»Lina ist ganz verrückt mit ihm... Vielleicht werd

ich ihr jetzt auch einen Hund kaufen müssen. Keinen großen – keinen Schäferhund wie aus unserer Heimat. Die sind ja nicht zu bändigen...«

»Würdest du den Kuchen aufschneiden, Franz?«

Sie nannte ihn offenbar abwechselnd mal Franz und mal François. Franz war bestimmt die vertraulichere Form.

»Da sehen Sie mal, wie die Frauen sind... Ich komm eben erst von der Reise zurück, und schon soll ich arbeiten...« Er lachte. Seine gute Laune war spontan und natürlich.

»Nehmen Sie Sahne in den Kaffee?«

»Nein, danke.«

»Wieviel Stück Zucker?«

»Zwei...«

Die Tassen hatten den gleichen vergoldeten Rand wie die Teller. Ob auch das Geschirr ein Hochzeitsgeschenk war?

»Wollen wir uns nicht an den Tisch setzen? Da ißt es sich bequemer...«

Sie legte ihnen Kuchen auf den Teller, und Émile fiel auf, daß ihr Handrücken voller Sommersprossen war.

Das war alles etwas unwirklich. Émile empfand gleichzeitig eine gewisse Hemmung und doch auch eine Art Befriedigung, die bei ihm recht selten war.

In den Wohnhöhlen der Pariser Häuser mochte es Zigtausende solcher Paare wie die Kellers geben. Lina würde in einigen Monaten zweifellos schwanger sein, und sie schob dann einen großen Bauch vor sich her, wenn Émile sie zum Einkaufen gehen sah. Und Franz

Keller würde sich jubelnd in die Brust werfen, als wenn er Gott weiß was vollbracht hätte.

Sie würden bestimmt noch mehr Kinder bekommen. Lina würde sie an der Hand nehmen und in die Schule führen.

Ob Franz Keller dann endlich eine Festanstellung in der Firma hatte und nicht mehr die ganze Woche über auf Achse sein mußte?

»Ist er gut?«

»Sehr gut...«

»Das ist ein Rezept von meiner Mutter...«

»Ach, Sie haben ihn selbst gebacken?«

»Sie kann ebenso gut backen wie kochen«, strich Keller ihre Fähigkeiten heraus. »Schade, daß ich so wenig davon habe.«

Dann trat Stille ein. Alle aßen. Émile hatte keinen Hunger und verabscheute Kuchen ohnehin, weil er in seiner Kindheit dauernd von Kuchen umgeben gewesen war.

»Morgen früh wollen wir übers Wochenende aufs Land fahren...«

»Wo soll es hingehen?« fragte er höflichkeitshalber.

»Das wissen wir nicht. Wir wollen Paris in Richtung Süden verlassen, aber nicht auf der Autobahn... Auf kleinen Nebenstraßen, über die Dörfer. Wer weiß, vielleicht machen wir an den Ufern der Loire halt? Kommt ganz drauf an... Es ist amüsant, so einfach ins Blaue hinein zu fahren...«

»Noch ein Stück Kuchen?«

»Nein, danke. Sie hatten uns ja schon reichlich gegeben...«

Die Fenster standen offen. Von der Straße her kam um diese Zeit recht wenig Lärm, und es wurde langsam dämmrig.

»Sollen wir Licht machen?«

Die Deckenlampe war aus einem alten Spinnrad gefertigt, an dem rundherum Lämpchen angebracht worden waren. Sie setzten sich wieder in ihre Sessel.

»Schauen Sie sich viele Sendungen im Fernsehen an?«

Jetzt war Jeanne an der Reihe, Konversation zu machen. Er hatte seinen Teil dazu beigetragen. Er fand sogar, er sei für seine Verhältnisse heroisch gewesen.

Lina sah ihn häufig an, wenn sie sich unbeobachtet fühlte. Und sobald er sich ihr zuwandte, wurde ihr rosiger Teint eine Spur dunkler, als ob sie auf frischer Tat ertappt worden wäre. Aber auf welcher Tat?

Er hörte die Stimme von Keller und wie ein Echo die von Jeanne, aber er hätte nicht wiederholen können, was sie sagten.

Sie hatte dünne Beine mit spitzen Knien, und die nackten Arme waren ebenfalls mager. Die kleinen Zähne standen schön in einer Reihe und waren sehr weiß.

»Die Marktfrauen müssen sich allmählich fragen, warum Sie jeden Morgen hinter mir her gehen ... Hast du gehört, Franz? Monsieur Virieu geht um die gleiche Zeit wie ich aus dem Haus, und wir laufen fast zweihundert Meter weit hintereinander her ... Da könnte man direkt meinen, er macht mir den Hof ...«

»Ha!« Keller lachte laut auf. »Was du dir in den Kopf setzt! Wirklich toll!«

Jeanne hingegen war sichtlich überrascht.

Sie redeten im Spaß darüber; Émile jedoch war nicht zum Scherzen aufgelegt. Er versuchte, sich ein Lächeln abzuringen, und brachte doch nur eine Grimasse zustande. Machte sie sich lustig über ihn? Oder sollte das ihrem Mann gegenüber eine Art Provokation sein?

Sie blieben fast eine Stunde bei den Kellers. Dann gab Émile das Zeichen zum Aufbruch. »Ich hab noch ein paar Kleinigkeiten vor dem Schlafengehen zu erledigen«, sagte er und stand auf.

»Ja, und wir wollen morgen ziemlich früh weg...«

Er würde sie also nicht aus ihrer Wohnung kommen und die Treppe hinuntergehen sehen, nachdem sie ihm zugelächelt hatte. Und er würde nicht bis zur Metzgerei oder dem Feinkostgeschäft hinter ihr her gehen.

»Schönen Dank für Ihre Einladung und den wunderbaren Kuchen...«

»Wir hoffen, Sie kommen mal wieder rüber...«

Émile streckte Keller die Hand nur zögernd hin, da er wußte, mit welch eisernem Griff der andere zupackte.

Dann waren sie wieder in ihrer Wohnung.

»Wie findest du sie?« fragte Jeanne, um etwas gesagt zu haben und weil sie seine schlechte Laune spürte.

»Ich hab ihretwegen Kuchen essen müssen...«

»...der sehr gut war. Für meinen Geschmack vielleicht etwas zu süß, aber die Elsässer zuckern eben ihr Gebäck sehr stark.«

Er zog seine Jacke aus, holte den Hund und setzte ihn auf seinen Knien ab, während er still und unbeweglich im Sessel sitzen blieb. Sie hatten den Beginn der Fernsehsendung verpaßt, aber zum Schlafengehen war es zu früh.

Jeanne war ins Badezimmer gegangen. Sie legte ihr Kleid ab und zog sich den Morgenrock über.

»Komisch ist das«, sagte sie, als sie zurückkam. »Es ist so, wie ich's den Kellers gesagt habe... Ich wohne jetzt fünfundzwanzig Jahre hier im Haus, und ich habe die Wohnung von gegenüber noch nie betreten. Im Anfang hat es auch eine ganze Weile gedauert, bis man überhaupt einen der Bewohner zu Gesicht bekam... Sag mal, du bist mir doch nicht böse?«

»Warum?«

»Weil ich schon fast zugesagt habe, als sie rüberkam, um uns einzuladen. Es war ihr offenbar so viel daran gelegen...«

»Ich möchte wissen, warum...«

»Vielleicht einfach aus Neugier... Oder weil sie sich langweilt, nachdem sie fast die ganze Woche über allein ist... Ist ja auch ein komisches Leben für eine jung verheiratete Frau... Aber sie sind fröhlich, alle beide. Man spürt, daß sie natürlich sind, ohne Komplexe...«

Er murmelte ein undeutliches Ja.

Obwohl, er war sich dessen nicht so sicher. François Keller vielleicht schon. Aber Lina?

Aber er wußte jetzt ihren Namen und konnte gewissermaßen konkreter an sie denken. Irgendwie wurde er ihr Bild nicht los.

Er zwang sich, ein paar Seiten in einem Buch zu lesen, in dem das Leben in Paris zur Zeit der Revolution geschildert wurde. Als es dann zehn Uhr war, stand er auf. »Gehen wir schlafen...«

Immer gab er das Zeichen zum Aufbruch. Jeanne hätte sich das nicht erlaubt. Er trug den Hund auf sein Kissen zurück.

Eine Viertelstunde später lag er in seinem Bett, und sie hatten das Licht ausgemacht.

»Gute Nacht, Émile.«

»Gute Nacht, Jeanne ...«

Er brauchte ziemlich lang, bis er einschlief. Es war auch noch kein richtiger Schlaf, sondern eine Art Dämmerzustand, in dem Gedanken und Bilder ein anderes Gesicht bekamen.

Was ihm am heutigen Tag am meisten unter die Haut gegangen war, das war weder der Besuch bei den Kellers noch die eigentümlichen Blicke von Lina gewesen, sondern der Anblick des Sargs, der von den vier Männern des Bestattungsinstituts getragen wurde.

Das hatte ihm unvermittelt und fast greifbar eine Vorstellung vom Tod gegeben. Er hatte keine Angst vor dem Sterben. So kurz wie möglich krank sein, das war alles, was er wollte. Er stellte sich vor, wie er bewegungsunfähig und ans Bett gefesselt dalag – und Jeanne pflegte ihn und mußte sich sogar noch um seine elementarsten Bedürfnisse kümmern.

Oder er wurde möglicherweise zum Krüppel und saß in einem Rollstuhl wie vorn an der Ecke der noch junge Billettverkäufer der *Loterie nationale*.

Dann hätte er keine Möglichkeit mehr, für sich allein zu leben. Er hätte noch nicht einmal allein ins Bett gekonnt.

Und wer würde ihm die Augen schließen? Jeanne? Oder der Arzt? Und würde man ihn ins Krankenhaus einliefern und mit anderen bettlägrigen Kranken zusammenstecken, die ihn belauerten und von denen immer mal einer auf einer Bahre hinausgetragen wurde?

Er versuchte, an Lina und ihre hellblauen Augen zu denken.

Was hatte er vorzuweisen in seinem Leben? Welche Posten konnte er als Aktiva in seine Bilanz eintragen?

Nichts. Oder fast nichts. Eine farb- und freudlose Kindheit, während derer er den Umgang mit der Einsamkeit erlernt hatte. Und wenn die untergehakt einherspazierenden jungen Mädchen sich nach ihm umdrehten, so nur, um hinterher laut loszuprusten.

Das war ihnen nicht vorzuwerfen. Er tat nichts, um sich den anderen anzugleichen. Er sah die Welt wie durch ein Vergrößerungsglas, so daß alles zur Bedrohung wurde.

Das war jahrelang so geblieben. In der Nacht war er hochgeschreckt, weil sich ihm ein Riese auf den Bauch und die Brust gesetzt hatte. Ein Traum, den er ein paar dutzendmal geträumt hatte. Wie auch den Traum von dem einstürzenden Haus. Er war unter den Trümmern begraben. Er hörte die Stimmen der Bergungstrupps ganz dicht neben sich. Und sie redeten ordinäres Zeug daher.

›Zigarette?‹

›Gern.‹

›Glaubst du, daß da unten noch 'n paar Leichen rumliegen?‹

›Da sollt' man erst mal wissen, wieviel Figuren im Haus gewohnt haben und wieviel daheim waren ...‹

Er schrie. Er glaubte zu schreien. Aber er machte

nicht mehr Krach als ein Fisch, der über der Wasseroberfläche nach Luft schnappt.

Einer von der Rettungsmannschaft holte dann im benachbarten Bistro eine Flasche Wein.

›Trink du zuerst, Fred. Du hast am meisten geschuftet...‹

›Na und du, du hast die zu Brei zermatschte Olle gefunden...‹

Er wußte, daß er träumte. Er kannte seinen Traum auswendig. Er versuchte, ihn weitgehend abzukürzen, weil er einen schlimmen Ausgang nahm. Mund und Nasenlöcher waren voller Erde, er bekam keine Luft mehr...

Als er heute morgen den Sarg betrachtet hatte, hatte er sich den Schwager vorgestellt, der nun in dieser Kiste war und nicht mehr atmete.

Er war erst vierundvierzig. Er konnte noch gut und gern zwanzig Jahre lang leben, vielleicht auch dreißig. Wer weiß, vielleicht wurde Jeanne auch als erste krank?

Frauen leben im Schnitt bekanntlich länger als Männer. Aber es gibt Ausnahmen. Er hätte Jeanne nie und nimmer pflegen können. Krankheiten waren ihm ein Greuel. In dem Fall mußte er also eine Pflegerin nehmen. Und er würde für sich im Wohnzimmer ein Feldbett aufschlagen.

Er war niemandem etwas schuldig, weil niemand ihm jemals etwas geschenkt hatte.

Oder doch... Dieses junge Ding, Lina, die ihm ihr kindliches Lächeln schenkte und einen Blick aus ihren blauen Augen.

Warum?

Sie verkörperte alles, was er nie kennengelernt hatte. Seine Schwester hatte im gleichen Alter weder eine solche Frische an sich gehabt, noch eine solche Naivität.

Aber war es wirklich Naivität? War es nicht Durchtriebenheit?

Es gibt Frauen und junge Mädchen, die das Bedürfnis haben, bei jedem Mann, dem sie begegnen, ihre Macht zu erproben.

»Was hast du?«

Er erkannte Jeannes Stimme, und sie hatte die Nachttischlampe angemacht.

»Warum? Wieso fragst du?«

»Weil du aufgeseufzt hast, als ob dir etwas weh tut...«

»Wird wahrscheinlich der Kuchen sein.«

Sie nötigte ihn, ein halbes Glas Wasser zu trinken, in dem sie doppeltkohlensaures Natron aufgelöst hatte.

»Danke...«

Nicht der Kuchen war die Ursache gewesen, sondern sein Traum. Er konnte ihr nichts davon erzählen. Er erzählte niemandem etwas davon. Er hatte noch nie einen anderen ins Vertrauen gezogen. Niemand wußte, was er dachte oder was er empfand. Im übrigen hätte wohl auch niemand Verständnis aufgebracht.

Er war sich selbst genug. Und davon wollte er nicht abweichen. Jeanne war eine Konzession gewesen, und zwar vor allem aus praktischen Gründen. Er mußte nicht mehr im Restaurant essen. Die Wohnung hier war angenehmer als ein Hotelzimmer. Sie weckte ihn, wenn sie ihn aufseufzen hörte. Und im Winter, als er die Grippe gehabt hatte, da hatte sie ihn sehr gut gepflegt.

Und jetzt hatten sie sogar einen Hund!

Es hatte ihn überrascht, daß sein Vater so stark gealtert war. Seine Mutter war in die Breite gegangen, hatte schütteres Haar und ein gedunsenes Gesicht bekommen, aber das machte ihm nicht zu schaffen.

Er hatte seinen Vater nie krank gesehen, und soweit Émile zurückdenken konnte, hatte der Vater nicht ein einziges Mal versäumt, den Backofen zu beschicken.

Als er ihn zum letzten Mal gesehen hatte, da hatte er einen ungesund grauen Teint gehabt und war gleichsam weggetreten. Eine tückische Krankheit, die noch nicht zum Ausbruch gekommen war, schien an ihm zu zehren.

Vielleicht stand der Familie eine zweite Beerdigung bevor.

Lina fuhr mit ihrem Mann ins Wochenende. Sie verkörperte etwas – was, das wußte er nicht so genau. Sein Vater, der mit vierzehn als Lehrling angefangen hatte, verkörperte eine fast sechzigjährige Schufterei. Und außerdem ein mehr oder weniger nahes Ende.

Émile hatte keine Angst. Er schlief jetzt.

# 6

Als er am Samstag morgen seine Wohnung verließ, schaute er auf die gegenüberliegende Tür, obwohl er wußte, daß niemand drüben war. Er hatte gerade seine weichen Eier verzehrt, als er die Kellers die Treppe hinuntergehen hörte. Dann wurde unten ein Motor angelassen. Er hätte zum Fenster gehen können, um sie wegfahren zu sehen, aber er getraute sich nicht wegen Jeanne.

Wegen Jeanne? Und auch seiner selbst wegen? Er wußte es nicht. Er wollte lieber nicht ganz genau wissen, was er empfand. Er war nur sicher, daß er nicht verliebt war.

Er arbeitete bis zwölf Uhr mittags in seinem Käfig. Ab und zu gab es Augenblicke eines halben Dahindämmerns, deren Ursache er ebenfalls nicht nachging. Versetzte er sich nicht unbewußt in diesen Zustand, um seinen Gedanken lange Leine zu geben?

Am Nachmittag ging er nicht zur Arbeit. Er hätte seiner Frau beinahe vorgeschlagen, ins Kino zu gehen. Er fühlte sich in einem seltsamen Schwebezustand, allein gelassen.

Beim Mittagessen überlegte er es sich anders. Als er fertig gegessen hatte, griff er nach seinem Hut.

»Gehst du spazieren?«

»Ja.«

Und wieder schaute er im Vorbeigehen zu dieser verdammten Tür hinüber, die ihm seinen Seelenfrieden raubte, sofern bei ihm von Frieden überhaupt die Rede sein konnte. Er lief gern ziellos durch die Straßen, ohne daß Jeanne immer neben ihm war. Er ließ seine Gedanken schweifen und sah sich dabei die Leute auf der Straße und die Auslagen an. Und er wandte sich rein instinktiv immer in Richtung Seine.

Er ging langsam und blieb manchmal stehen, um irgend etwas genauer anzusehen. Mal einen Zeitungskiosk, mal einen weinenden kleinen Jungen, mal eine Frau, die einen Kinderwagen schob.

Was war plötzlich in ihn gefahren, im Alter von vierundvierzig? Sie war halb so alt wie er. Und sie hatte gerade erst einen großen und kräftigen Mann mit einem offenen Lächeln geheiratet, das ihm ganz natürlich auf die Lippen kam.

Es hatte nichts zu tun mit dem, was Fernand passiert war. Es hatte nichts mit Liebe und nichts mit Leidenschaft zu tun. Er hatte keinerlei Verlangen, mit ihr zu schlafen. Noch nicht einmal, sie zu küssen.

Das war weitaus vielschichtiger und besorgniserregender. In den folgenden Nächten kamen andere Träume von früher zurück. Zum Beispiel auch der von den Bergen.

Er war allein in einem Boot. Er hatte seine Jacke und die Krawatte abgelegt, den obersten Hemdknopf geöffnet und die Ärmel aufgekrempelt, was bei ihm nie vorkam. Er ruderte auf einem großen See mit glatter Wasseroberfläche, auf der sich das kleinste Wölkchen spiegelte.

Es war sehr heiß, und die Sonne schien. Eigenartigerweise war es jedoch eine fast schwarze Sonne.

Der See war ringsum von Berghängen umgeben, die dicht mit dunkelgrünen Tannen bestanden waren. Es war keinerlei Taleinschnitt zu sehen, es gab keinerlei Ausweg. Er suchte auch keinen. Er ruderte.

Er mußte aus einem Grund, der ihm nicht bekannt war, den See überqueren. Und wenn er sich umdrehte, um die zurückgelegte Strecke abzuschätzen, stellte er jedesmal fest, daß er nicht vorwärts gekommen war.

Er hatte diesen Traum nur dreimal im Leben gehabt. Das erste Mal mit zwölf, als er mit Masern im Bett gelegen hatte.

Er hatte furchtbare Angst bekommen. Plötzlich brach ihm der kalte Schweiß aus. Er setzte sich zur Wehr. Er wußte nicht – und wollte es auch nicht wissen –, wogegen er sich zur Wehr setzte. Das war ein Geheimnis, das er vor sich selber nicht enthüllen durfte.

Am Montag war Franz Keller am Steuer seines Cabrios abgefahren und hatte seiner Frau, die offenbar am Fenster stand, von unten Hupzeichen gegeben.

Als Émile um halb neun seine Wohnungstür geöffnet hatte, war die ihrige ebenfalls aufgegangen.

»Guten Tag!« hatte sie ihn fröhlich begrüßt.

»Guten Tag ...«

Er ließ sie im Treppenhaus vorgehen. Sie wohnten im zweiten Stock und benutzten selten den Aufzug, weil er alt und in seiner ruckartigen Fahrweise wenig vertrauenerweckend war.

»Hatten Sie einen schönen Sonntag?«

»Wir sind spazierengegangen.«

»Sie und Ihre Frau?«

»Ja...«

»Reden Sie beide eigentlich viel miteinander?«

»Nicht viel, nein.«

Sie schlängelten sich durch das Gewühl der Hausfrauen, und sie warf im Vorübergehen immer mal einen Blick auf die Waren, die auf den Karren der Gemüsefrauen ausgebreitet waren.

»Haben Sie Freunde?«

»Nein.«

»Brauchen Sie keine?«

»Ich glaube nicht, nein.«

»Sie haben nicht viele Frauen gekannt, nicht wahr?«

Sie war vergnügt. Sie sagte das alles in heiterem Tonfall und mit ihrem Lispeln und ihrem Akzent.

»Ich habe sehr wenige gekannt...«

»Haben Sie eine Schwester?«

Sie waren vor der Metzgerei angelangt und blieben zum Weiterreden auf dem Trottoir stehen.

»Ja, ich habe eine. Aber ich habe mich in unserer Jugend in Étampes nicht um sie gekümmert.«

»Auch nicht um ihre Freundinnen?«

»Auch nicht... Mädchen machten mir angst.«

»Angst wovor?«

»Ich hatte immer das Gefühl, daß sie sich über mich lustig machten. Ich bin nach Paris gegangen. Und ein Jahr später ist meine Schwester dann auch hierhergekommen. Wir haben beide in verschiedenen Stadtvierteln gewohnt. Und jeder hatte seine eigene Beschäftigung. Jetzt ist sie verwitwet. Ihr Mann hat letzte Woche Selbstmord begangen ...«

»War er nervenkrank?«

»Er hat sich in eine andere Frau verliebt.«

»Sie sind mir doch nicht böse, wenn ich Ihnen sage, was mein erster Eindruck von Ihnen war? Ich hab gedacht, Sie sind Witwer oder ein abtrünniger Priester. Sind Sie jetzt entsetzt?«

»Nein.«

»So, jetzt wird's Zeit, daß ich meine Einkäufe mache. Bis morgen dann ...«

Als ob sie ihn zu einem Rendezvous bestellte.

Es gab Augenblicke, in denen sie ihn irritierte. Und doch wartete er ungeduldig darauf, daß es wieder halb neun Uhr morgens war.

Wenn er dann unwillkürlich den Versuch einer Selbstanalyse machte, kam er zu dem Schluß, daß er nicht unglücklich war. Glücklich war er auch nicht. Er drehte sich im Leeren, er hatte sich immer im Leeren gedreht, und davon wurde ihm schwindlig.

Aus den Tagen seiner Kindheit stieg von weitem ein Begriff in ihm hoch, der aus dem Religionsunterricht stammte: Vorhof... Der Vorhof, in dem die armen Seelen, die weder den Himmel noch die Hölle verdient hatten, auf immer und ewig warteten.

Auch er lebte in so einem Vorhof. Vielleicht war das der Grund, warum die Leute ihn eigenartig ansahen. Er war anders als sie. Er gehörte zu einer anderen Welt.

Jeanne hatte ihn immer beobachtet, als müßte sie ihn rechtzeitig vor sich selbst schützen. Seit sie neue Nachbarn hatten, musterte sie ihn verstohlen, sobald er zur

Tür hereinkam und sich über den Hund beugte, der ihm an den Beinen hochsprang.

»Bist du müde?«

»Nein.«

Er haßte diese Frage, die seine Mutter ihm schon als Kind gestellt hatte. Warum hätte er müde sein sollen?

»Es geht mir sehr gut ...«

Außer über seine anfallsweise auftretenden Kopfschmerzen, an die er sich gewöhnt hatte, hatte er sich über nichts zu beklagen.

Die Tage vergingen. Er zählte sie, eigentlich ohne Grund. Sechs Tage. Sieben Tage. Acht Tage, seit Lina – in der Art, wie man vom soundso vielten Jahrhundert nach Christi Geburt spricht.

Inneren Frieden fand er nur noch in seinem Glaskäfig angesichts der frisch gedruckten Fahnenabzüge, von denen er schwarze Finger bekam.

Wovor hatte er Angst? Da war eine unbestimmte Unruhe in ihm, und es passierte oft, daß er den Sarg seines Schwagers vor Augen hatte. Und bei alledem hatte er doch keine Angst vor dem Tod.

Was war es dann?

Eines Tages rief ihn seine Schwester an. »Geht's dir gut, Émile?«

Eigentlich wäre es doch eher an ihm gewesen, ihr diese Frage zu stellen.

»Ich hab eine gute Nachricht. Ich hab in einer Boutique in der Rue du Faubourg Saint-Honoré eine Stelle als Verkäuferin gefunden. Sehr schicker Laden ... Sie haben diesen hochmodischen Kleinkram, aber nur ganz teure Sachen. Und die Kundschaft ist handverlesen ...«

»Hast du schon angefangen?«

»Nein. Ich fange erst am 1. September an, denn ich habe noch Verschiedenes mit dem Notar und den Leuten von der Versicherung zu klären. Wenn möglich, müßte ich auch noch eine billigere Wohnung finden ... Der Kinder wegen würde ich es gern vermeiden, in einen der billigen Wohnblocks am Stadtrand zu ziehen, verstehst du?«

Er brachte für das, was sie sagte, kein wirkliches Interesse auf. »Das ist ja alles sehr schön«, murmelte er ohne Überzeugung. »Das freut mich für dich ...«

Jeden Morgen gingen sie ein Stück Weg nebeneinander her, Lina und er, und sie war immer fröhlich und flachste. Es sah tatsächlich danach aus, als versuchte sie, ihn zu verführen. Etwa so, wie kleine Mädchen es machen, wenn sie sich plötzlich vor Lachen ausschütten, einem die Zunge rausstrecken und davonrennen ...

»Gehst du aus?«

»Ja.«

Das war am Samstag um die Mittagszeit. Er hatte ein bestimmtes Ziel. Er brauchte den Samstag nachmittag für ein Vorhaben, zu dem er sich unvermittelt entschlossen hatte.

Er schlug den Weg in die Rue Dareau ein, wo Dr. Thévenin praktizierte, der ihn vor einigen Jahren wegen seiner Furunkulose behandelt hatte. Damals hatte er Brust und Arme voller Geschwüre gehabt, und Jeanne hatte ihm Verbände aus geschrotetem Leinsamen anlegen müssen.

Im Wartezimmer saßen fünf Patienten, von denen nur einer in den auf einem Tischchen ausgelegten Zeitschriften las. Die anderen sahen starr vor sich hin und mochten Gott weiß was für Gedanken nachhängen.

Wenn jenseits der Mattglastür der Schritt der Sprechstundenhilfe näher kam, ging jedesmal eine unmerkliche Bewegung durch die Wartenden. Ein jeder war versucht, vom Stuhl aufzustehen.

Dann machte die Sprechstundenhilfe die Tür auf und rief einen Namen auf. »Madame Boussac...«

Das war eine dicke Frau, die offenbar noch ein Korsett mit Fischbeinstäbchen trug. Trifft man in den Wartezimmern von Ärzten nicht immer wieder auf ausgefallene Typen, wie sie einem anderswo kaum noch über den Weg laufen?

Es waren auch zwei Männer da. Der eine hatte einen Tic; er fuhr sich pausenlos mit dem Finger über die Nase, als ob er eine Fliege verscheuchen müßte. Der andere wirkte nervös und ängstlich, und er stand zwei- oder dreimal auf und ging zum Fenster.

Émile wartete eineinhalb Stunden, und zum Schluß wußte er nicht mehr recht, was er hier wollte.

Sich beruhigen lassen? Wie aber konnte Dr. Thévenin, der ihn kaum kannte, ihn beruhigen?

Er war so um die Sechzig und hatte einen eckig geschnittenen graumelierten Bart.

»Habe ich Sie nicht schon einmal behandelt?«

»Ja, wegen Furunkulose.«

»Wie ist Ihr Name?«

»Émile Virieu...«

Er sah in einer Kartei nach und zog eine Karte heraus, auf der mehrere Zeilen geschrieben waren. Émile hätte gern gewußt, was der Arzt notiert hatte, aber hier war man ja gewissermaßen eine Nummer.

»Setzen Sie sich. Was für Beschwerden haben Sie?«

»Das läßt sich nicht genau sagen ...«

»Haben Sie eine schlechte Verdauung? Wird Ihnen manchmal übel, oder haben Sie Kopfschmerzen?«

»Kopfschmerzen, das ja. Seit meiner Kindheit.«

»Und wo genau?«

Émile wies auf die Schädelbasis.

»Tritt das oft auf?«

»Zuweilen einmal die Woche, zuweilen einmal im Monat.«

»Wie lange hält das an?«

»Ein paar Tage. Das Schmerzmittel, das mir ein Arzt früher mal verschrieben hat, bewirkt rein gar nichts. Ich hab mich inzwischen daran gewöhnt.«

»Hatten Sie Kinderkrankheiten?«

»Die Masern ...«

Dieses eine Mal hätte er reden wollen, aber der achtunggebietende Blick des Arztes hielt ihn ab.

»Ab und zu werde ich von einem plötzlichen Zittern erfaßt. Und es steigt mir eine Hitzewelle ins Gesicht ...«

»Sind Sie verheiratet?«

»Ja.«

»Verstehen Sie sich gut mit Ihrer Frau?«

»Wir streiten uns nie.«

»Lieben Sie sie?«

»Nein.«

»Warum haben Sie sie geheiratet?«

»Um nicht mehr allein zu sein.«

»Wie lange sind Sie verheiratet?«

»Fast zwanzig Jahre.«

»Und sie? Liebt sie Sie?«

»Ich glaube nicht. Sie sorgt gut für mich. Sie versucht nicht, mich zu beeinflussen.«

»Arbeitet sie?«

»Sie übersetzt englische und amerikanische Bücher, wodurch sie die Möglichkeit hat, den ganzen Tag über zu Hause zu bleiben. Sie verläßt die Wohnung nur zum Einkaufen.«

»Hassen Sie sie?«

Émile sah den Arzt, auf dessen Lippen manchmal der Anflug eines Lächelns trat, wie zur Herausforderung direkt an.

»Ich glaube nicht.«

»Aber so ganz sicher sind Sie nicht?«

»Es gibt Augenblicke, in denen mir die ganze Welt verhaßt ist.«

»Warum?«

»Darum eben. Weil...« Er führte den Satz nicht zu Ende.

»Ja? Weil was...?«

»Weil ich nicht so bin wie die anderen«, sagte er ziemlich leise.

»Worin besteht der Unterschied zwischen Ihnen und den anderen Menschen?«

»Ich weiß es nicht.«

»Sind Sie eifersüchtig?«

»Nein.«

»Werden Sie von Ihrer Frau betrogen?«

»Das sollte mich wundern. Es dürfte ihr schwerfallen, einen Partner zu finden.«

Der Arzt ging nicht weiter darauf ein. »Lassen Sie uns nach nebenan gehen ...«

Der Raum nebenan war klein, und in der Mitte stand eine mit grünem Plastik überzogene Liege.

»Machen Sie sich mal frei ... Da ist ein Kleiderständer ...«

Der Arzt ging in sein Sprechzimmer zurück. Émile zog sich widerstrebend aus und behielt Socken und Unterhosen an. Er wartete im Stehen auf den Arzt, der recht lange wegblieb.

»Legen Sie sich hin, und versuchen Sie, sich zu entspannen ...« Er tastete den Brustkorb und die Leber ab. »Setzen Sie sich auf«, sagte er dann. Er prüfte die Reflexe, indem er Émile mit einem vernickelten Gummihämmerchen einen leichten Schlag gegen die Knie versetzte und ihm mit einem spitzen Gegenstand über die Fußsohlen fuhr.

»Alles normal?«

»Bleiben Sie sitzen ...« Er setzte das Stethoskop auf dem Rücken und auf der Brust an. »Atmen Sie tief durch.«

Als der Arzt sich aufrichtete, wollte Émile zu seinen Kleidern zurück.

»Noch nicht. Kommen Sie hier herüber.«

Er kam in einen weiteren, ebenso kleinen Raum, und er wurde zum Durchleuchten hinter eine Scheibe gezwängt.

»Drehen Sie sich ein kleines Stück zur Seite ... Ja, so. Jetzt ganz ruhig ...«

Es wurde dunkel bis auf ein schwaches Dämmerlicht, das wie ein leichter Nebel war, der von überall und nirgendwo her kam. »Atmen Sie tief durch ...«

Er bedauerte, daß er gekommen war. Er fühlte sich nicht mehr als Mensch. Hier kam man sich ja wie ein Versuchskarnickel vor.

»Stellen Sie sich jetzt gerade hin ... Durchatmen ... Nicht mehr atmen ...«

Das Licht ging wieder an.

»Ihre Lungen sind in ausgezeichnetem Zustand. Ihr Herz ebenfalls ...«

Sie gingen in den angrenzenden Raum zurück.

»Setzen Sie sich noch einen Moment hier auf die Bettkante.« Er tastete ihm den Schädel ab, und es war, als wollte er mit den Fingern die Schädeldecke durchstoßen. »Tut Ihnen das weh?«

»Nein.«

»Und das hier?« Er fuhr weiter zum Nacken hinunter.

»Ein wenig.«

»Entspricht das in etwa Ihren Kopfschmerzen?«

»Nein.«

»Ziehen Sie sich wieder an.«

Damit ging er wieder in sein Sprechzimmer.

Als Émile soweit war, klopfte er an die Tür.

»Herein ...« Er schrieb mit sehr kleiner und feiner Schrift seine Ergebnisse auf das Karteiblatt. »Haben Sie jemals einen Neurologen konsultiert?«

»Nein.«

»Sie sollten das vielleicht mal tun. Ich glaube, daß Ihre Beschwerden psychogen sind. Kennen Sie einen?«

»Nein.«

»Dann will ich Ihnen Namen und Adresse eines sehr guten Kollegen geben. Es ist Dr. Ferenczi in der Avenue du Maine. Er hat eine Station im Sainte-Anne. Sie müssen sich von seiner Sekretärin einen Termin geben lassen.«

Der Arzt schrieb Namen und Adresse auf ein Blatt seines Rezeptblocks. Er stand auf. Die Konsultation war beendet.

»Wieviel schulde ich Ihnen?«

»Sind Sie nicht in einer Krankenkasse?«

»Nein.«

»Das macht dann fünfzig Francs ...«

Er war verdrossen, als er wieder draußen war. Es wäre ihm recht gewesen, wenn bei ihm eine organische Krankheit festgestellt worden wäre – etwas genau Definierbares, das mit Tabletten oder einer Diät zu behandeln gewesen wäre.

Warum sollte er einem Neurologen zugewiesen werden? Ist das nicht schon mehr oder weniger das gleiche wie ein Psychiater?

Er nahm sich vor, diesen Dr. Ferenczi nicht aufzusuchen. Gewiß, er fühlte sich anders als die anderen, aber er war doch sicher, daß er nicht geisteskrank war.

Er hatte den Nachmittag vertan. Er war jetzt, nach der Untersuchung durch den bärtigen Doktor, weder ruhiger noch ängstlicher als vorher. Er hatte einen jener Schweißausbrüche, die ihn jetzt immer häufiger überkamen und auch seiner Frau nicht entgangen waren.

Er betrat ein Bistro, was bei ihm selten vorkam, und bestellte am Tresen ein Bier.

Warum sollte er einen Neurologen aufsuchen, rätselte er noch einmal herum. Hatte man ihn etwa in Verdacht, anormal zu sein?

Zugegeben, er war nicht ganz wie die anderen. Aber das wußte er schon seit langem.

Nach der Heirat hatte er nur wenige Wochen lang mit Jeanne geschlafen, und sie hatten seither keinerlei körperlichen Kontakt gehabt. In diesen achtzehn Jahren war es höchstens sechsmal vorgekommen, daß er auf der Straße eine Prostituierte angehalten hatte und ihr in eine muffig riechende Absteige gefolgt war.

Er ging zu Fuß weiter. Er dachte an Lina. Es war schon so, daß er keine Lust hatte, mit ihr zu schlafen. Nicht ihr Körper mit seinen unfertigen Formen machte für ihn ihren Reiz aus. Sie sah nicht aus wie eine Frau, sondern wie ein ganz junges Mädchen.

Auch ihr Verhalten – das Spiel, das sie mit ihm trieb – paßte zu einer Halbwüchsigen.

Und doch war sie wichtig für ihn. Sogar sehr wichtig. Warum? Er suchte krampfhaft nach einer Antwort auf diese Frage. Er fand keine.

An einer Ecke des Boulevard Saint-Michel stand eine Frau mit ziemlich großen Brüsten und lächelte ihm zu.

»Kommst du mit?«

Er zögerte. Dann folgte er ihr automatisch in eine Nebenstraße.

»Du wirst es nicht bereuen... Ich kann sehr nett sein.«

Sie hätte lieber den Mund halten sollen. Er hatte keine Lust, sie reden zu hören. Er hatte noch nicht einmal Lust auf sie.

»Fehlt dir was?« fragte die Frau, deren Gesicht er noch nicht einmal zwanzig Zentimeter entfernt vor sich hatte.

»Nein.«

»Bist du immer so nervös? Du riskierst, daß es nicht klappt, wenn du dich nicht entspannst.«

»Das ist mir egal.«

Das stimmte nicht. Er fühlte sich gedemütigt, und zur Strafe hätte er sie am liebsten geschlagen. Er haßte sie plötzlich, wie er auch die ganze übrige Welt haßte.

»Was machst du da?«

»Ich zieh mich wieder an.«

»Du willst doch nicht etwa weg, ohne mir was zu geben ... So einfach geht das nicht!«

Er warf einen Fünfzig-Francs-Schein aufs Bett, öffnete die Tür und schlich die Treppe hinunter und dann den Korridor entlang, als ob er eine Schmach zu verbergen hätte.

Es begann sich jetzt zuzuziehen, nachdem über eine Woche lang kein Wölkchen am Himmel gewesen war. Er war total verschwitzt. Er wünschte sich ein Gewitter und hoffte, es werde ihn von der Last befreien, die auf seinen Schultern lag.

Jeanne saß mit dem Hund auf dem Schoß vor dem geöffneten Fenster, als er in der Rue du Faubourg-Saint-Jacques seine Wohnung betrat. Sie warf ihm einen inquisitorischen Blick zu. Und es war schon sehr merkwürdig, daß sie ihm die gleiche Frage stellte wie die Nutte vorhin.

»Fehlt dir was?«

Sie fragte ganz ruhig und bescheiden wie immer, und seine Reaktion kam deshalb recht überraschend für sie.

»Nein. Es fehlt mir nichts, und ich wüßte auch nicht, warum. Höchstens, daß ich es hasse, idiotische Fragen gestellt zu bekommen.«

»Es tut mir leid ... Es war nur so dahingesagt wie irgend etwas anderes ...«

»Dann hättest du lieber irgend etwas anderes sagen sollen.«

»Warum bist du verärgert?«

»Weil ich es satt habe, bespitzelt zu werden. Ich kann noch nicht mal die Stirn runzeln, ohne daß du das registrierst und mich zur Rede stellst ...«

Es war das erste Mal, daß er ihr gegenüber heftig wurde. Gewiß, sie las aus seinem jeweiligen Gesichtsausdruck seine Stimmung ab – zu jeder Tages-, wenn nicht gar Nachtzeit. Aber hatte nicht er selbst es so gewollt? Sie versuchte, ihm eine Stütze zu sein, seinen Wünschen zuvorzukommen. Und so war es normal, daß sie sich Gedanken machte, wenn sie merkte, daß er sich in seiner Haut nicht wohl fühlte.

Er war auch jetzt im Unrecht. Sie hatte bloß eine banale, keineswegs beleidigende Frage gestellt.

»Du hast eine Art, mich anzusehen, wenn ich nach Haus komme ... Manchmal könnte man direkt meinen, du bist eifersüchtig.«

»Aber das stimmt nicht, und du weißt es. Ich hätte im übrigen gar kein Recht, eifersüchtig zu sein.«

»Was hält dich eigentlich bei mir – könntest du mir das mal sagen?«

»Du bist mein Freund, oder etwa nicht?«

»Genügt dir das?«

»Ja.«

Er nahm es ihr übel, daß sie ihn zum Denken veranlaßte. Als ob er nicht schon viel zu viel nachdächte … Er überlegte jetzt, woher diese Nervosität kam und ob sie nicht durch Fernand Lamark und sein trauriges Ende ausgelöst worden sei.

Er hatte gerade mit der gleichen Heftigkeit gesprochen wie seinerzeit sein Schwager. Er sah ihn wieder vor sich, dort in der Brasserie du Boulevard Montparnasse: Fernand hatte unter dem Einfluß des Alkohols so laut geredet, daß der Wirt an den Tisch gekommen war und ihn gebeten hatte, etwas leiser zu sprechen … Auch er, Émile, hatte eben beinahe geschrien. Er hatte es geschafft, daß der Hund auf Jeannes Knien regelrecht zitterte und sichtlich verängstigt zu ihm aufsah.

»Es war nicht so gemeint … Es muß wohl das Wetter sein. Es ist ein Gewitter in der Luft, und so was setzt mir jedesmal zu …«

»Ich nehm es dir nicht übel. Hättest du vielleicht Lust, im Restaurant zu essen?«

»Nein.«

Die Gattung Mensch war draußen mindestens ebensosehr sein Feind wie in den eigenen vier Wänden.

Er sah Fernand vor sich, wie er abends hier in der Wohnung aufgetaucht war. Sein Zustand hatte sich verschlimmert, und er hielt sich kaum mehr auf den Beinen. Er fuchtelte beim Reden mit den Händen, die Augen waren stark gerötet, und er nahm die Welt wohl nur noch als Zerrbild wahr.

Schon zu dem Zeitpunkt war er von der unseligen Strömung erfaßt gewesen – dem Geschick, das ihn in seinen Untergang trieb.

Und wohin trieb es ihn selbst? Welche unbekannte Kraft wirkte auf ihn, die ihm solche Angst machte?

Es hatte nichts mit Lina zu tun. Sie war nur ein Bauer in diesem Schachspiel. Ein Zufall, der für ihn keinerlei Bedeutung hatte.

In der Ferne, nach Passy zu, rollte der Donner. Er trat ans Fenster, um den Himmel zu betrachten. Da waren dicke, rasch vorüberziehende Wolken. Es kam starker Wind auf, und sie mußten die beiden Fenster schließen. Die Leute auf der Straße gingen schneller, konnten aber dennoch den Windstößen nicht ausweichen.

Zuerst zog eine Staubwolke vorüber wie bei einem Zyklon; es folgten dicke Regentropfen, die sich schwarz auf der Straßendecke abzeichneten. Der Donner brach direkt über ihnen los, und der Regen nahm innerhalb von Sekunden das Ausmaß einer Sintflut an.

Die Menschen hasteten nicht mehr über die Trottoirs, sondern hatten in Einfahrten und Hauseingängen Schutz gesucht.

Dicke Tropfen klatschten heftig gegen die Fensterscheiben, und der Hund lag jetzt, als Knäuel zusammengerollt, auf dem Schoß von Jeanne, die ihn begütigend streichelte.

»Er hat Angst«, murmelte sie.

Sie hielt ihm dadurch, daß sie mit ganz normaler Stimme ein unverfängliches Thema anschnitt, einen Ölzweig hin.

Er antwortete nicht. Eine Antwort war nicht nötig. Er dachte immer noch an Fernand Lamark und seinen hellen Sarg aus Eichenholz. Er nahm sich vor, sein Testament zu machen, sobald er einmal innerlich ruhig war und den Kopf frei hatte. Er würde sich darin ausbitten, eingeäschert zu werden, denn er wollte sich nicht in eine Kiste einsperren lassen. Er wollte auch nicht aufgebahrt und von anderen besichtigt werden, die dann hinter dem Sarg her zuerst zur Kirche und dann auf den Friedhof gingen.

Er würde am liebsten abtreten, ohne daß man etwas davon erfuhr. Ohne daß von ihm die Rede war. Er wollte nicht, daß andere sein Dahinscheiden beklagten und ihn kurz darauf beim Verlassen des Trauerhauses schon vergessen hatten.

Draußen fegten die Böen fast ununterbrochen durch die Straße. Der Wind kam in Wellen und ließ zwischendurch für kurze Zeit nach. Die Bäche neben den Trottoirs schwollen weiter an, und das Wasser floß geräuschvoll in die Gullis ab.

Er wagte seiner Frau nichts davon zu sagen, daß er Lust auf ein Glas Cognac oder sonst einen Schnaps hatte, nur um seine angespannten Nerven zu beruhigen. Jeanne würde ihn nur noch besorgter ansehen, da er für gewöhnlich keinen Alkohol trank. Und außerdem erinnerte ihn das an seinen Schwager.

Dessen Tod hatte ihm einen Stempel aufgedrückt. Er hatte ihn quasi miterlebt. Durch Zufall hatte er, abgesehen vom eigentlichen Ende Fernands, die diversen dazu führenden Phasen mitbekommen.

Es gab noch einmal ein paar Donnerschläge, die schon weiter aus der Ferne kamen. Dann hörten Regen und Wind plötzlich auf, und es tauchten unten auf der Straße die dunklen Gestalten der Leute auf, die sich irgendwo untergestellt hatten.

Émile öffnete die beiden Fenster und atmete die kühlere und reinere Luft tief ein.

»Da fühlt man sich gleich viel freier, findest du nicht?« sagte Jeanne.

Sie mußte den Hund auf den Boden setzen, weil sie in der Küche zu tun hatte. Émile setzte sich mit der Zeitung in einen Sessel. Er fühlte sich etwas entspannt.

Er war unzufrieden mit sich, weil er Jeanne gegenüber so heftig geworden war. Er hatte sie sich ja doch ausgesucht; ihm ging es vor allem darum, daß er jemand um sich hatte. Und wie sollte sie, da sie schließlich zusammenlebten, nicht über ihn Bescheid wissen? Nach soundso vielen Jahren kannte sie seine Schwachstellen, seine Eigenheiten und die Vorzeichen einer Depression.

Er glaubte, für den Rest des Tages seine Ruhe zu haben. Um halb acht setzten sie sich zu Tisch. Es gab zuerst Suppe und dann Fischcroquetten.

Danach saßen sie nebeneinander im dämmrigen Zimmer und sahen sich ein Fernsehprogramm an. Um Viertel nach zehn schalteten sie ab.

Jeanne machte im Schlafzimmer Licht. Er spürte, daß sie etwas auf dem Herzen hatte, aber noch zögerte. Zuerst setzte sie zum Sprechen an, sagte dann aber nichts. Schließlich kam es doch heraus.

»Meinst du nicht, daß du unvorsichtig bist, Émile?« sagte sie mit einem sanften Nachdruck, der überzeugend wirken sollte.

Das war die Fortsetzung dessen, was sie heute nachmittag angedeutet hatte. Nur drückte sie sich diesmal unmißverständlicher aus.

Warum tat er so, als verstünde er sie trotzdem nicht? Warum sah er sie erstaunt an? Er war voller Gehässigkeit in diesem Augenblick. Er nahm ihr alles übel – daß sie häßlich war, daß sie sich nie ärgerte, daß sie immer ein nachsichtiges Lächeln auf den Lippen hatte und vor allem, daß sie sich ein Urteil über ihn bildete.

Ja, sie beurteilte ihn, selbst wenn sie sich das nicht anmerken ließ. Wie sah sie ihn? Was wußte sie überhaupt von ihm?

Ob sein Zorn sich an seinen vorquellenden Augen ablesen ließ, die soeben beängstigend starr geworden waren?

»Du weißt, daß ich nicht eifersüchtig bin und daß die Gefühle, die du ihr gegenüber vielleicht hast, mich nichts angehen. Aber vergiß nicht, daß sie einen Mann hat. Und wenn er auch fast die ganze Woche weg ist – es könnte ihm doch jemand etwas sagen oder gar einen anonymen Brief schreiben ... Wir gelten hier als hochgestochen, weil wir mit niemandem Umgang haben. Und der eine oder andere Nachbar könnte uns das übelnehmen ...«

Sie hatte offenbar beschlossen, die Sache bis zum Ende durchzustehen, und sie glaubte, mit dieser Warnung eine Pflicht zu erfüllen.

»Die ganze Nachbarschaft, angefangen von der Concierge, sieht euch jeden Morgen zusammen aus dem Haus kommen und gemeinsam weggehen ...«

Seine Wut war noch nicht verraucht, er blieb bockbeinig. »Na und? Stört dich das?«

»Mich nicht. Aber wenn ihr Mann es erfährt oder mal früher als gewöhnlich heimkommt ...«

»Kann ich was dafür, wenn sie um die gleiche Zeit einkaufen geht? Oder soll ich meinen Zeitplan ändern, an dem ich seit fast zwanzig Jahren festhalte?«

»Ich will dir ja nur den Rat geben, aufzupassen, Émile...«

Dieser Satz, ausgesprochen im Ton eines Menschen, der die Wege der Vorsehung kennt, hätte genauso gut von seiner Mutter stammen können.

Daraufhin trat Schweigen ein. Noris gähnte. Émile war einen Augenblick auch wütend auf ihn, und er wäre imstande gewesen, ihm einen Fußtritt zu geben.

»Du hast dich verändert, Émile...«

»Jeder verändert sich. Nimm nur Fernand – auch der hat sich verändert. Er ist tot.« Er war befriedigt über diese Bemerkung, die er als Geistesblitz empfand. Er sah sie ironisch an. »Auch du hast dich verändert...«

Das war unnötig boshaft, und er nahm sich das übel. Es war Zeit zum Schlafengehen. Er ging ins Schlafzimmer und dann ins Bad. Er betrachtete sich im Spiegel und fand sich häßlich und sein Gesicht beängstigend.

Jetzt begann die schwierige Zeit des Einschlafens, und sie dauerte eine halbe, zuweilen auch eine volle Stunde. Sobald er im Bett lag, das ›Gute Nacht‹ ausgetauscht und die Nachttischlampe ausgemacht war, kam schleichend die Angst vor seinen Alpträumen über ihn. Und die wurden jetzt immer häufiger und beklemmender.

Zu Beginn war er ganz klar und ließ zumeist die Ereignisse des abgelaufenen Tages an sich vorüberziehen, als ob von dieser täglichen Bilanz etwas Beruhigendes ausginge.

Die Bilanz von heute war mies. Er schrieb das verschiedenen Faktoren zu, darunter auch dem Gewitter. Aber er wußte, daß das nicht alles war. Er kannte den wahren Grund für sein Verhalten, und der hieß Ferenczi. Dr. Thévenin hatte ihn heute auf Herz und Nieren untersucht und nichts gefunden. Oder er hatte es ihm verschwiegen, falls er doch etwas gefunden hatte.

Hatte der Arzt eigentlich das Recht, dem Patienten seine Diagnose zu verheimlichen? Émile kannte sich da nicht aus. Aber Thévenin hatte ihn immerhin zu einem Neurologen geschickt. Besteht zwischen einem Neurologen und einem Psychiater eigentlich ein großer Unterschied?

War diese Weiterempfehlung an einen Neurologen nun das Resultat der Untersuchungen beziehungsweise der Befragung durch den Arzt? Warum hatte er ihn zum Beispiel danach gefragt, ob er seine Frau liebte, ob er eifersüchtig war? Er hatte noch mehr Fragen gestellt, die in keinem plausiblen Zusammenhang zu seiner Gesundheit standen.

Ferenczi hatte eine Abteilung in Saint-Anne. War das nicht eine von diesen Heilanstalten für Verrückte?

Er war nicht verrückt. Der Art nach zu urteilen, wie manche Leute ihn ansahen, hätte man manchmal das Gegenteil annehmen können.

Zugegeben, er war nicht wie sie. Er selbst hatte das Gefühl, anders zu sein; dazu brauchte er keinen Facharzt. Aber hatte einer etwa kein Recht, anders zu sein? Er mochte die Menschen nicht. Er war unfähig zu einem wirklichen Kontakt. Wie früher in der

Schule, als er keinerlei Kontakt zu seinen Mitschülern gehabt hatte.

»Warum gehst du nicht mit den anderen spielen?«

Wie oft seine Mutter das gesagt hatte... Es war immer das gleiche Lied gewesen.

»Du steckst immer mit der Nase in den Büchern. Kein Wunder, daß du eine Brille brauchst...«

Er hatte immer gelesen, egal was. Das war seine persönliche Art des Entfliehens. Und was taten die anderen? Angeln gehen zum Beispiel, und sie verbrachten Stunden damit, auf einen kleinen roten Pfropfen, den Schwimmer, zu starren, wobei sie ihre Kinder immer wieder zum Stillsein ermahnten. Oder sie setzten sich Abend für Abend in die verräucherte Atmosphäre eines Nachtlokals und sahen sich halbnackte Frauen an. Und wieder andere...

Vielleicht waren es einfach diese anderen, die anders waren! Warum sollte er dann Angst haben? Und wovor? Es war soweit gekommen, daß er Jeannes Blicke fürchtete. Und jetzt zögerte er das Einschlafen hinaus aus Angst, einen Alptraum zu haben.

Er schlummerte schließlich ein. Einen richtigen furchterregenden Alptraum hatte er nicht. Da waren zwar Blitz und Donner, und er marschierte barhäuptig eine Straße entlang und sang dazu... In Wirklichkeit sang er nie. Und er hatte es noch nie getan, noch nicht einmal in der Schule. Beim Chorsingen hatte er es dabei bewenden lassen, im Takt den Mund auf- und zuzumachen, ohne einen Laut von sich zu geben.

Beim Aufwachen fühlte er sich zerschlagen. Das

war nichts Neues. Er hatte morgens immer Mühe gehabt, in Fahrt zu kommen.

»Morgen«, brummte er, als er durchs Wohnzimmer an ihr vorbeiging. Sie saß da und tippte.

»Guten Morgen, Émile...« Aus Vorsicht vermied sie es, ihn anzusehen.

In der Küche goß er sich die erste Tasse Kaffee ein und trank sie langsam aus. Abgesehen von der Zeit, die er in seinem Glaskäfig zubrachte, war dieser erste Kaffee alles in allem einer der Lichtblicke in seinem Tagesablauf.

Beim Rasieren war er ein weiteres Mal dem eigenen Spiegelbild sowie der Tatsache ausgesetzt, daß er dieses Bild nicht mochte. Dann duschte er. Seine Bewegungen waren wie abgemessen. Er hielt immer den gleichen Rhythmus ein, auch ohne Blick auf die Uhr.

Er aß seine weichen Eier, und Jeanne setzte sich ihm wie üblich zur Gesellschaft gegenüber.

Er schämte sich ein wenig für sein gestriges Verhalten, wollte aber nicht darüber sprechen. »Wird wieder heiß werden heute«, sagte er bloß.

Es kam sehr selten vor, daß er eine Betrachtung über das Wetter anstellte, und in seinen Augen ersetzte das eine Entschuldigung.

So faßte Jeanne es auch auf. »Ja«, sagte sie. »Heute nacht mußte ich aufstehen, weil Noris gewinselt hat. Ich hab mir überlegt, ob er vielleicht krank ist, und bin nachsehen gegangen. Er hat geträumt und dabei die Hinterpfoten bewegt, als ob er weglaufen wollte...«

»Warum sollten Tiere nicht auch träumen...«

Es war Sonntag. Er stand zur gleichen Zeit wie sonst

auf, und das geschah aus Disziplin. Außerdem war er den ganzen Tag über mürrisch, wenn er morgens so lang liegenblieb.

Heute gab es kein Rendezvous auf dem Treppenabsatz, und er hatte sich nichts Besonderes vorgenommen.

»Hast du viel zu arbeiten heute?«

»Das richtet sich danach, was du tun möchtest.«

»Ich habe noch gar nichts vor.«

»Gehst du nicht spazieren?«

Er ging fast jeden Sonntag morgen spazieren. Er mochte das – die leeren Straßen, die überwiegend dunkel gekleideten Gestalten, die in die Kirchen strömten oder herauskamen, die Fetzen Orgelmusik, die man im Vorübergehen aufschnappte.

Sie unternahm einen Vorstoß. »Auf den Champs-Elysées gibt es einen sehr guten Film«, sagte sie.

»Von wem?«

»Fellini ...«

Er mochte Fellini, aber seine Filme machten ihm angst.

»Um wieviel Uhr?«

»Die erste Vorstellung ist um zwei. Die nächste dann um fünf.«

»Wir gehen in die erste. Wir brauchen nur zeitig zu Mittag zu essen ...«

Bei seinem anschließenden Gang durch die Straßen war er so einsam, wie man nur sein kann. Er dachte nicht nach. Er wollte nicht nachdenken. Er hatte den ›Coq d'Or‹ wieder vor sich, die Brasserie am Boulevard Montparnasse, wo sein Schwager mit ihm verabredet gewesen war. Hatte er nicht schon damals eine Vorahnung gehabt?

Ja, er hatte Vorahnungen. Nicht speziell heute. Und nicht erst seit ein paar Tagen. Sozusagen seit seiner Geburt.

Eine Familie kam ihm entgegen – zwei sonntäglich gekleidete Kinder liefen vor ihren Eltern her, die ebenfalls im Sonntagsstaat waren. Von der Frau wehte ein süßlicher Parfümduft zu ihm herüber. Émile wäre es wirklich recht gewesen, wenn die ganze Welt – und auch er selbst – mit sich im reinen gewesen wäre wie diese Familie. Aber leider gab es so was ja nicht.

Sie logen alle. Sie belogen die anderen und sich selbst. Und er? Belog er sich nicht auch?

Moniseur Jodet, sein Chef, der so viel gearbeitet hatte und immer noch weitermachte, hatte eine Frau, die ihn mit ihren Wünschen und Bedürfnissen tyrannisierte. Sein Sohn war auch nicht besser, und der Vater hatte darauf verzichtet, ihn als Mitarbeiter im Betrieb einzusetzen. Und doch hatte Monsieur Jodet ein Lächeln auf den Lippen und sah aus wie ein glücklicher Mensch, dem im Leben alles gelingt.

Vielleicht gelang es ihm ab und zu, sich das erfolgreich einzureden?

Émiles Vater hatte mit vierzehn Jahren seine Lehrstelle angetreten. Er hatte dann zeit seines Lebens fast jede Nacht in der Backstube verbracht, nur tagsüber geschlafen und sich mit einer Flasche Weißwein wieder auf Touren gebracht. Seinen Sohn und seine Tochter sah er praktisch nie. Und seine Frau war durch den Laden voll in Anspruch genommen.

Der Vater lachte gern und riß saftige Witze, die die anderen schon auswendig kannten. Ob er nicht auch mal das Gesicht verzog, wenn er allein war und an das noch verborgene Leiden dachte, das ihn eines Tages hinwegraffen würde?

Die Geschäftsleute aus der Stadt würden alle zu seiner Beerdigung kommen, außerdem die Nachbarn und die Kunden der Bäckerei.

Und wo würde dann die Mutter hingehen? Für sich allein konnte sie das Geschäft nicht weiterbetreiben. Sie konnte sich auch nicht einem ihrer beiden Kinder aufdrängen. Außerdem haßte sie Paris, weil sie sich da nicht sicher fühlte.

Sie würde ein kleines Zimmer mit Küche und vielleicht einem Bad mieten. Oder sie würde in ein Stift für alte Damen gehen.

Ob sie sich Gedanken darüber machte? Er, Émile, sah der Realität ins Auge. Oder? Das war gar keine Realität. Er mischte seine Träume und seine Hirngespinste darunter. In gewissem Sinne führte er ein Doppelleben.

Da war der Glaskäfig auf der einen Seite, und es fiel niemand ein, ihn dort zu stören. Und da war alles übrige auf der anderen Seite. ›Alles übrige‹ umfaßte die Leute auf der Straße – Alte, Kranke, Kinder, alles, was die Großstadt einem entgegenspült –, Jeanne und neuerdings Lina nicht mit eingerechnet.

Lina, das war eine Sache für sich. Er war sich nicht sicher, ob er das richtig deutete. Seine Meinung über sie schwankte mehrmals am Tag. Und dennoch war er pünktlich jeden Morgen auf dem Treppenabsatz.

Sie aßen und hörten sich die Nachrichten im Radio an. Sie interessierten ihn nicht, ersetzten aber ein Gespräch.

Jeanne zog sich mit mehr Sorgfalt als an anderen Tagen an und glich in etwa den Frauen, die er heute morgen auf ihrem Kirchweg gesehen hatte. Und sie tupfte ebenfalls einen Spritzer Parfum auf ihren Kragen.

Sie nahmen die Metro und mußten an der Station Châtelet umsteigen, wo sich eine wahre Menschenflut in die endlos langen Gänge ergoß.

Vor dem Kino hatte sich eine fünfzig Meter lange Schlange gebildet, und sie stellten sich hinten an.

Auf den Gesichtern zeichnete sich Resignation ab. Die Leute waren ja eigentlich um des Vergnügens willen gekommen, um vor der Leinwand zweieinhalb Stunden abzuschalten.

Hinter ihnen stellten sich weitere Männer, Frauen und Paare an, und von Zeit zu Zeit rückte die Schlange einen oder zwei Schritte vor.

Dann hatten sie die Kette erreicht, die immer wieder ausgehängt wurde, um jeweils sechs Personen durchzulassen.

»Zweimal Parkett bitte.«

»Ich habe nur noch Logenplätze zu zwölf Francs...«

Er bezahlte und betrat mit seiner Frau den Kinosaal.

## 7

Der Himmel war grau, die Luft feuchtwarm und stickig. Sie war um halb neun zum Treffpunkt Treppenabsatz gekommen. Sie trug diesmal nicht ihre Hose und das Shirt, sondern ein figurbetontes Kleid aus feinem rotem Jersey.

Die Gemüsefrauen waren an ihren Ständen und versuchten, die vorüberkommenden Frauen anzuhalten. Die meisten hatten eine frische Gesichtsfarbe, eine kräftige Stimme und waren um einen derben Scherz nicht verlegen.

»Da schau mal, was für ein schönes Paar!« rief die eine Marktfrau so laut ihrer Nachbarin zu, daß die anderen es hören konnten. »Wenn die mal Junge kriegen, dann will ich eins davon haben!«

Émile wurde blaß. Er fragte sich, ob Lina das mitgekriegt hatte. Und im selben Moment machte Lina auch schon den Mund auf.

»Haben Sie keine Angst, daß Sie sich in mich verlieben?« fragte sie mit ihrer hohen Kinderstimme.

»Nein.«

Das war so kategorisch herausgekommen, daß sie einen Moment die Fassung verlor.

»Wieso? Finden Sie mich nicht hübsch?«

»Ich glaube schon, daß Sie es sind. Ich kenne mich da nicht so aus.«

»Sie sagen das, weil Sie mich zu jung finden, nicht wahr? Obwohl, ich hab immer sagen hören, daß Männer in einem bestimmten Alter eine Vorliebe für ganz junge Mädchen haben. Übrigens bin ich nicht mehr ganz jung. Ich bin zwanzig ...«

Um bestimmte Stände herum hatten sich wahre Trauben von Hausfrauen gebildet, und das ganze Stimmengewirr auf der Straße verschmolz zu einem konstanten Geräuschpegel.

»Sie sind jeden Morgen um die gleiche Zeit auf der Treppe ...«

»Seit achtzehn Jahren verlasse ich meine Wohnung um halb neun und gehe in meinen Betrieb.«

»Hat Ihnen das nicht gefehlt am Samstag, daß Sie mich nicht gesehen haben?«

Er blieb ihr die Antwort schuldig, und sein Gesicht verfinsterte sich.

»Geht Ihre Frau nie aus dem Haus?«

»Sie macht jeden Morgen ihre Einkäufe wie Sie auch. Sie geht nur etwas später weg.«

»Und nachmittags? Hat sie nie was in der Innenstadt zu besorgen?«

»Doch, am Mittwoch. Da geht sie in den Verlag und liefert die Kapitel ab, die sie übersetzt hat. Auf dem rechten Seine-Ufer drüben. Bei der Gelegenheit macht sie dann noch ein paar Einkäufe.«

»Ist sie nicht eifersüchtig?«

»Nein.«

»Franz, der wäre wahnsinnig eifersüchtig, wenn er Grund dazu hätte. Mit seinem Lächeln sieht er aus wie einer, der alles auf die leichte Schulter nimmt, aber er kann furchtbare Wutanfälle haben, und er ist sehr stark.«

»Haben Sie Angst vor ihm?«

»Es ist ganz lustig, ein wenig Angst zu haben. Als ich noch viel jünger war und in unserem Dorf gewohnt habe – also das ist eher ein Weiler –, da bin ich manchmal extra im Dunkeln aus dem Haus. Ich hab irgendwas vor mich hin gesummt, um mir Mut zu machen. Meine Eltern haben sich Sorgen gemacht und haben mich gesucht... Ich hab's gemacht, obwohl ich wußte, was mir passieren konnte. Ich hatte in der Zeitung schon Berichte gelesen, in denen kleine Mädchen überfallen worden waren, vergewaltigt, umgebracht...« Sie waren bei der Metzgerei angelangt. »Können Sie das verstehen, daß ein Mann sowas tut?«

»Nein.«

»Wären Sie imstande, das zu tun?«

»Ich glaube nicht.«

»Aber so ganz sicher scheinen Sie sich nicht zu sein...«

Er antwortete nicht.

Sie sah ihm direkt ins Gesicht, und in ihren lavendelblauen Augen schien eine Herausforderung zu liegen. »Bis morgen.«

»Bis morgen...«

Er war unzufrieden und gleichzeitig in Hochspannung. Es sah so aus, als setzte sie alles daran, ihn durcheinanderzubringen und ihm sein bißchen Gleichgewicht zu nehmen. Er betrat erleichtert seinen Glaskäfig, wo er ein anderer Mensch wurde.

Gegen zehn Uhr klingelte das Telefon. Es war Géraldine.

»Tut mir leid, dich schon wieder mit meinen Problemen zu behelligen. Aber bedenke, daß ich ganz allein bin, daß die Kinder keinen Vater mehr haben. Auf mich hören sie nicht. Ich bin keine Autorität für sie.«

»Was gibt's denn?«

»Patrick hat es sich in den Kopf gesetzt, sein Studium hinzuschmeißen und in die Vereinigten Staaten oder nach Kanada zu gehen, egal wie.«

»Was will er dort anfangen?«

»Irgendwas, wenn du ihn hörst; er will nur raus hier. Ich hab versucht, ihn zur Raison zu bringen, aber ich hab's nicht geschafft. Könntest du ihn dir nicht mal vornehmen, Émile?«

»Glaubst du, daß ich mehr Erfolg hätte als du? Wir kennen uns kaum, er und ich. Wenn ich zu dir zu Besuch komme, ist er fast immer aus dem Haus ...«

»Aber du bist eben ein Mann.«

Glücklicherweise konnte sie sein traurig-ironisches Lächeln nicht sehen. Er konnte ihr gegenüber ja schlecht zugeben, daß er mit seinen eigenen Problemen schon genug, ja sogar übergenug zu tun hatte.

»Was hast du dir gedacht, wann ich ihn treffen soll?«

»So schnell wie möglich. Er geht schon nicht mehr in die Vorlesungen. Die meiste Zeit treibt er sich mit Freunden im Quartier Latin herum. Ich habe Angst, die nehmen alle zusammen Drogen. Ich hab mal seine Taschen durchsucht, während er geschlafen hat. Ich hab nichts gefunden, aber das ist kein Beweis ... Wann könnte er mal zu dir kommen?«

»Sagen wir heute abend? Um halb neun?«

»Ich bring ihn ja hoffentlich dazu, daß er geht... Ach, übrigens... Es ist bestimmt besser, wenn Jeanne nicht mit dabei ist. Vor einer Frau redet er dann doch nicht so offen, vor allem über so persönliche Dinge... Wie geht's Jeanne eigentlich?«

»Sehr gut.«

»Ich hab ganz vergessen, dir zu sagen, daß ich eine kleine und billigere Wohnung in der Rue Notre-Dame-de-Lorette, in der Nähe der Place Saint-Georges gefunden habe. Sie ist zwar wirklich nicht groß, aber sie ist ganz neu hergerichtet. Die Vormieterin war eine Animierdame aus dem Cabaret, aber die geht in den Libanon. Sie hat gerade einen längerfristigen Vertrag unterschrieben...«

»Ich ruf dich an, nachdem ich mit deinem Sohn gesprochen habe.«

Er wurde da in eine Rolle hineingedrängt, auf die er nicht vorbereitet war. Ablehnen konnte er aber auch nicht.

Beim Mittagessen saßen Jeanne und er sich wie üblich gegenüber, und Jeanne machte keine Anspielung auf ihr gestriges Gespräch. Sie hatte bestimmt aus dem Fenster geschaut und Lina und ihn gesehen. Sie waren länger als gewöhnlich beieinander stehengeblieben.

»Patrick soll heute abend vorbeikommen, so gegen halb neun...«

Sie sah ihn erstaunt an.

»Er will fort, nach Amerika. Seine Mutter hat mich gebeten, ihn davon abzubringen. Ich werde tun, was ich kann, habe aber keine Hoffnung, daß es gelingt. Es wird besser sein, wenn du nicht dabei bist – er könnte sich durch deine Anwesenheit gehemmt fühlen ...«

»Ja, gut. Ich bleibe dann solang im Schlafzimmer.«

Patrick traf mit einer Viertelstunde Verspätung ein, und sein Blick war trotzig und ausweichend zugleich.

»Meine Mutter hat mir gesagt, daß Sie mich sprechen wollen ...«

»Wollen ist nicht der richtige Ausdruck. Sagen wir, ich möchte mich gern mit dir unterhalten ... Setz dich doch.«

Er hatte ziemlich langes Haar und trug trotz der Hitze einen Rollkragenpullover. Er stieß einen Seufzer aus und ließ sich in Jeannes Sessel fallen.

»Du willst offenbar weg von hier?«

»Dann wissen Sie ja Bescheid ...«

»Stimmt das?«

»Ja, es stimmt. Finden Sie das schlimm?«

»Das kommt darauf an, was du vorhast.«

»Also mit anderen Worten, wenn ich mir die Haare kurz schneiden lasse und ein weißes Hemd mit Krawatte trage, dann kann meine Mutter wieder ruhig schlafen ...«

»Wie alt bist du?«

»In drei Monaten werde ich einundzwanzig. Dann bin ich volljährig und kann tun und lassen, was ich will.«

»Hast du Geld?«

»Nein, ich nicht. Meine Eltern haben mir nie viel gegeben. Aber mein Kumpel, der mitkommt, der hat welches ...«

»Wo hat er es her?«

»Von seinem Vater. Der ist ein dicker Industrieboss und gibt ihm, was er will ... Wir brauchen nur das Geld für die Überfahrt und dann noch so viel, daß wir ein oder zwei Monate davon leben können. Bis wir uns eben umgesehen haben.«

»Glaubst du, du bist in Amerika glücklicher?«

»Jedenfalls glücklicher als hier ...«

»Warum?«

»Erstens mal, weil ich dann nicht mit meiner Mutter und meiner Schwester zusammenleben muß. Die fallen mir alle beide auf den Wecker ...«

»Du hast eben erst deinen Vater verloren und willst schon weg von zu Hause ...«

»Und er? Wollte er vielleicht nicht weg von zu Hause? Damals, als er umgekommen ist?«

»Glaubst du, daß du dir deinen Lebensunterhalt verdienen kannst?«

»Das kann man überall ... Kommt nur drauf an, zu welcher Arbeit man bereit ist.«

»Und zu welcher Arbeit bist du bereit?«

»Egal was. Zu allem ...« Er maß seinen Onkel wieder herausfordernd. »Und jetzt legen Sie schon los mit Ihrer Moralpredigt! Ich bin ganz Ohr ...«

»Ich will dir keine Moralpredigt halten. Ich will auch nicht versuchen, dich umzustimmen ...«

»Na so was! Hätte ich gar nicht gedacht von Ihnen. Ich habe Sie für einen kleinen Spießer gehalten, der voller Komplexe steckt ...«

»Vielleicht bin ich ein kleiner Spießer, und vielleicht habe ich tatsächlich Komplexe. Aber das hindert mich nicht daran, zu verstehen, daß andere eben anders sind.«

»Ja, wenn's so ist... Das wäre dann alles. Wir fahren nächste Woche ab, mein Freund und ich. Wir warten nur noch auf das Visum.«

»Und dein Militärdienst?«

»Als Student bin ich einstweilen zurückgestellt. Wenn ich nach Ablauf der Frist nicht komme, werden sie's schon merken.«

Der junge Mann konnte nicht ahnen, daß sein Onkel, der die Augen nicht von seinem Gesicht gewandt hatte, ihn beneidete. Auch Émile hatte mit neunzehn Jahren Étampes und den väterlichen Betrieb verlassen, um nach Paris zu gehen. Nur war er innerlich nicht so frei gewesen wie der Neffe. Ein unsichtbares Band hatte ihn weiterhin an die Welt gefesselt, aus der er kam.

»Sie sind ein dufter Typ, Onkel Émile.«

»Ich weiß, daß es sinnlos wäre, wenn ich versuchen wollte, dich zurückzuhalten.«

»Das stimmt.«

Das gab Émile einen kleinen Stich ins Herz. Patrick wollte dem Leben im Establishment entfliehen, das ihn zu Hause umgab. Er fuhr dem Abenteuer entgegen. Das würde vielleicht ausbleiben, aber er hatte es dann wenigstens versucht.

»Mal ganz ehrlich... Nimmst du Drogen?«

»Ich hab's zwei- oder dreimal mit Gras versucht. Ich hab gar keine Wirkung gespürt und deshalb nicht weitergemacht.«

»Und dein Freund?«

Es entstand ein verlegenes Schweigen. »Der raucht Haschisch ...«

»Viel?«

»Nein. Zwei- oder dreimal pro Woche.«

»Weiß sein Vater Bescheid?«

»Sein Vater hat eine Freundin, ein phantastisches Mädchen, und er lebt in einer ganz anderen Welt als sein Sohn. Die beiden treffen sich nur mal durch Zufall ... Also, kann ich jetzt gehen? Mein Freund wartet unten auf der Straße, und wir wollen noch auf eine Party ...«

»Du kannst gehen, ja.«

»Danke ...«

Patrick war größer als er und hatte breitere Schultern. Er streckte seinem Onkel die Hand entgegen und verabschiedete sich mit einem kräftigen Händedruck. »Sie werden wohl gleich meine Mutter anrufen, was?«

»Ja.«

»Dann sagen Sie ihr doch, sie soll mich bitte mit ihren Predigten und Ermahnungen verschonen. Szenen sind mir einfach ein Greuel ...«

Sein Schritt verlor sich im Treppenhaus. Émile ging ins Schlafzimmer und erlöste Jeanne, die mit Noris spielte.

Der kleine Hund knurrte, weil Émile das Spiel unterbrach.

»Ist er gegangen?«

»Ja.«

»Hast du was erreicht?«

»Ich hab's gar nicht versucht. Der Junge weiß, was

er will, und so einer läßt sich nicht umstimmen ...« Er wählte die Nummer seiner Schwester.

»Und? Wie ist es gelaufen?«

»Sehr gut.«

»Ist er davon abgekommen?«

»Nein. Er wird sich durch nichts abbringen lassen.«

»Wie hat er sich das gedacht da drüben, ohne Geld?«

»Er fährt mit einem Freund, der etwas Geld hat.«

»Findest du nicht, daß das der helle Wahnsinn ist?«

»Nein. Demnach wäre es ja auch Wahnsinn gewesen, daß du seinerzeit allein nach Paris gegangen bist, ohne zu wissen, womit du deinen Lebensunterhalt verdienen sollst...«

»Das ist nicht das gleiche.«

»Warum nicht?«

»Paris ist nicht New York. Wenn ich recht verstehe, seid ihr beide euch also einig geworden ...«

»Ja. Und wenn ich dir einen Rat geben kann, versuch nicht mehr, ihn zurückzuhalten ... Du bringst ihn nur unnötig gegen dich auf.«

Sie seufzte tief auf. »Na denn ... Aber hab trotzdem schönen Dank. Gute Nacht, Émile.«

Jeanne brauchte keine weitere Erklärung. Sie hatte dem Gespräch genug entnehmen können.

Als er im Bett lag, dachte er lange über seinen Neffen nach, der den Mut hatte, seine Pläne auch voll zu verwirklichen. Er, Émile, hatte einen Rückhalt gebraucht und war gezwungen gewesen, Jeanne zu heiraten.

Gewiß, er war weder so robust noch so gesund wie Patrick.

Er konnte lange nicht einschlafen. Da war das Gespräch von heute früh mit Lina, und das ließ ihn nicht los. Sie machte sich einen Spaß mit ihm. Sie spielte mit dem Feuer. War sie davon überzeugt, daß keine wirkliche Gefahr damit verbunden war?

Im Halbschlaf verschwammen dann die Züge der jungen Frau und wurden zu einem anonymen Gesicht, das für alle Mädchen und Frauen dieses Alters stand. Er hatte Angst und war gleichzeitig ungeduldig.

Er lag schweißbedeckt in seinem Bett, drehte und wendete sich und hatte den Verdacht, daß Jeanne wach war.

Ja, sie war sein Zuschauer und Zuhörer. Sie bekam alles mit, und er hatte sie sich selber ausgesucht, weil er nicht fähig war, das Leben allein zu meistern.

Wozu war er eigentlich fähig? Zu nichts... Zu nichts, außer in seinem Glaskäfig Druckfahnen zu korrigieren. Ach ja, noch etwas: mit seinen hervorquellenden Augen und seinem starren Blick die Neugier der anderen auf sich zu ziehen, wenn er durch die Straßen ging.

›Ich bring sie alle um...‹, konnte er bisweilen zu sich selbst sagen, ohne damit eine konkrete Vorstellung zu verbinden.

Er war noch ein Junge gewesen, als dieser Gedanke zum ersten Mal in ihm hochgestiegen und von da an sporadisch immer wieder aufgetaucht war. Er war das Leitmotiv, das sich durch sein ganzes Leben zog.

Er schlief, und entgegen seinen Befürchtungen hatte er keine Träume. Oder, falls er doch welche gehabt hatte, waren sie ihm beim Aufwachen entfallen.

Jeanne saß im Wohnzimmer und tippte. Sie wünschten einander guten Morgen, und Émile ging zur Küche, um sich seine Tasse Kaffee einzuschenken.

# 8

Es hatte nicht abgekühlt, obwohl es dunstig und der Himmel verhangen war.

»Also, bis morgen?«

»Wieso – morgen?« Er tat so, als hätte er nicht verstanden.

»Morgen ist Mittwoch ...«

»Und? Was ist am Mittwoch Besonderes?«

»Da ist Ihre Frau nicht zu Hause ...«

»Was haben Sie sich eigentlich vorgestellt? Was soll ich tun?«

Seine Brust war wie zugeschnürt. Er hatte es kommen sehen. Heute morgen war es soweit. Und es waren nicht nur Linas Worte, die dazu geführt hatten. Da war etwas in ihm, das aus einer fernen Vergangenheit nach oben gespült worden war.

»Was ist Ihnen lieber: bei mir oder bei Ihnen?«

»Bei Ihnen«, hörte er sich heiser sagen.

»Um wieviel Uhr?«

»Gegen drei. Meine Frau verläßt das Haus gewöhnlich um halb drei ...« Er hatte es jetzt eilig, von ihr wegzukommen und diese für ihn belastende Unterhaltung zu beenden.

»Sie haben ein wenig Angst davor, nicht wahr?«

»Ich weiß nicht ...«

»Ist es das erste Mal, daß sie ein Rendezvous haben?«

»Ja.«

»Im ganzen Leben?«

»Ja...«

Sie lächelte. Sie fand das hinreißend und aufregend. Sie ging so weit, ihm vor der Metzgerei sogar noch die Hand hinzustrecken. »Bis morgen...«

Er hatte den ganzen Tag über Kopfschmerzen, und die Tabletten, die Thévenin ihm verordnet hatte, blieben völlig wirkungslos.

Er arbeitete beflissen, mußte aber manchmal ein paar Zeilen zurückspringen, weil er eine ganze Passage gelesen hatte, ohne den Sinn zu erfassen.

Thévenin hatte ihm geraten, Dr. Ferenczi aufzusuchen, einen Neurologen.

Was sollte ein Neurologe in seinem Fall tun können?

Im Gegensatz zu gestern hob sich der Dunst den ganzen Tag nicht, und man konnte die Sonne von Zeit zu Zeit nur ahnen.

Er hatte Mühe, durchzuatmen. Er konnte die Zeit bis zum morgigen Nachmittag nicht erwarten.

Als er zum Mittagessen heimkam, betrachtete er Jeanne eingehend – so, als ob er sie zum ersten Mal sähe. Und er begriff jetzt die Verwunderung der Leute, denen er sie nach seiner Heirat vorgestellt hatte. Es gibt Spielarten der Häßlichkeit, die sympathisch sind. Die ihrige jedoch hatte etwas Entmutigendes.

Er fragte sich unwillkürlich, wie es in ihrem Inneren aussah, hinter dieser ungefälligen äußeren Erscheinung.

Die Zeit bis zum Abend verging langsamer als gewöhnlich. Er hatte keine Lust, ein Fernsehprogramm anzusehen, tat es aber doch, damit sich gegenüber den anderen Tagen nichts änderte.

Er erfaßte noch nicht einmal, was die vor seinen Augen ablaufenden Bilder zu bedeuten hatten.

Warum eigentlich Lina? Warum sollte er nicht Jeanne ...? Er hatte mehrfach daran gedacht im Verlauf der Ehe. Das hatte nichts mit ihr persönlich zu tun; er hatte gar nichts gegen sie ... Sie hatte sich soweit wie möglich im Hintergrund gehalten. Sie war um seine Bequemlichkeit, seine Gesundheit und sogar das Glück besorgt, das sie ihm nicht zu geben vermochte.

Welches Glück? Gibt es das überhaupt? Es wird immer so getan, als ob ... Fast alle Leute tun so ... Auch sie mußte unter ihrer Häßlichkeit leiden, gelitten haben. Als Kind war sie von ihren Klassenkameradinnen ausgelacht worden. Und als junges Mädchen hatte man sie bestimmt nicht zum Tanzen aufgefordert.

»Was hast du?« fragte sie ins Halbdunkel hinein.

»Kopfweh.«

»Hast du dein Medikament genommen?«

»Ja.«

»Du solltest mal zu einem Spezialisten gehen.«

Sie redete schon wie Thévenin.

»Einem Spezialisten wofür?«

»Ich weiß nicht. So was muß es doch geben ...«

Sie legten sich um halb elf schlafen. Er fühlte sich erschöpft. Er hatte den Eindruck, sein ganzer Körper sei eine einzige offene Wunde.

Er würde Monsieur Jodet sagen, daß er beim Zahnarzt einen Termin habe. Er brauchte sich nicht eine besondere Ausrede einfallen zu lassen. Er war einer der ältesten Mitarbeiter des Hauses, und niemand mischte sich in seine Arbeit ein.

*Lieber Gott, mach, daß ich ...*

Er hatte mit fünfzehn aufgehört, an Gott zu glauben; desungeachtet hatten sich in seinem Kopf die Worte eines Bittgebets gebildet.

*Mach, daß es nicht geschieht ...*

Er fühlte sich so elend! Er hatte es sein Leben lang gespürt. Die Menschen lebten in einer Gemeinschaft, von der er stillschweigend ausgeschlossen war. Er bildete sich das nicht ein. Man brauchte sie ja nur anzusehen, wenn sie ihm auf der Straße entgegenkamen.

Er konnte auch nicht auf sie zugehen. Zwischen ihm und der restlichen Welt gab es eine unsichtbare und unüberwindliche Barriere.

*Ich bring sie alle um ...*

Manchmal sprang ihn eine Welle von Haß an und schnürte ihm die Kehle zu. Ja, es stimmte, daß er sie alle umgebracht hätte, wenn er die Gelegenheit dazu gehabt hätte.

Dann kam es wieder vor, daß er sich selbst am meisten verabscheute. Er nahm sich sein fades Gesicht übel, seinen weißen Körper, seine zögernden Bewegungen und seine Art, sich an den Hauswänden entlangzudrücken.

Was hatte Lina von ihrem Mann gesagt? Er sei stark und ... Das zweite Wort hatte er vergessen, aber man hatte gespürt, daß sie ihn bewunderte.

Sie stand auf dem Treppenabsatz. Sie lächelte ihn mit einem Funkeln in den Augen an.

»Gut geschlafen?«

»Nein ...«, räumte er ein.

»Meinetwegen?«

»Ihretwegen und wegen allem. Dem Rest eben ...«

»Was für ein Rest?«

»Dem Rest der Welt ...«

»Mögen Sie die Welt nicht – so, wie sie ist? Also, ich finde das Leben wunderbar ...«

Sie betrachtete die Gemüsekarren, die Auslagen und die vorüberkommenden Hausfrauen, und sie sah so aus, als wolle sie alle diese bunten und lebendigen Eindrücke aufsaugen.

»Es darf nicht passieren«, murmelte er. Er hatte gedacht, die Worte nur in Gedanken formuliert zu haben, aber seine Lippen hatten sich bewegt, und sie hatte es gemerkt.

»Was wollen Sie sagen?«

»Nichts. Ich habe mit mir selber geredet ...«

»Das wundert mich nicht.«

»Warum?«

»Weil Sie genau so aussehen wie einer, der mit sich selber redet.«

Er ballte die Hände zu Fäusten. Man hätte meinen können, daß eine dunkle Kraft ihn immer mehr dazu trieb, alle Hemmungen über Bord zu werfen.

»Um drei Uhr dann?«

»Ja.«

»Sie brauchen nicht zu klopfen. Ich warte hinter der Tür und öffne Ihnen ...«

Daß er es überhaupt fertigbrachte, zu arbeiten ... Er tat es rein automatisch. Er gab Monsieur Jodet wegen des Zahnarzttermins Bescheid.

»Hoffentlich nimmt er Sie nicht zu schlimm dran ...«

Steckte da nicht Ironie dahinter? Er blieb bis zwölf Uhr in seinem Käfig. Sobald er draußen auf der Straße war, waren auch seine Quälgeister wieder zur Stelle. Die Menschen. Alle Menschen ... Eine Welt, die ihn niemals als zu ihr gehörig akzeptiert hatte.

Der Krüppel, der die Lotterielose verkaufte, hockte wie gewohnt in seinem Rollstuhl an der Straßenecke. Der Kopf stand schräg zur Schulter hin, und der eine Arm war kürzer als der andere.

»Ich hab dir Lammkoteletts gemacht ...«

Ihm war das egal. Er aß ohne Appetit, und er warf seiner Frau ab und zu einen kurzen Blick zu.

Warum eigentlich nicht *sie*?

Er zögerte noch. Ausschlaggebend war dann die Überlegung, daß sie stärker war als er.

»Gehst du aus?«

»Ja, wie jeden Mittwoch ... Ich habe drei Kapitel fertig, und dem Verleger wird das sehr recht sein. Er möchte das Buch zu Weihnachten herausbringen.«

Weihnachten! Ein Bäumchen! Kleine Kerzen daran! Zarte Kugeln in allen Farben, die an den Zweigen herunterhingen! Mit solchem verlogenem Kleinkram täuschten sich die Menschen gegenseitig.

Er ging um halb zwei aus dem Haus und setzte sich in den ›Coq d'Or‹, die Brasserie am Boulevard Montparnasse, in der Fernand sich damals mit ihm verabredet hatte. Das war im übrigen bedeutungslos. Er hatte noch fast eine Stunde totzuschlagen. Er war nicht imstande, die Zeitung zu lesen. Er betrachtete die Leute um sich herum, und er stellte sie sich mit einem Mal in Tiergestalt vor.

Er hatte ein Glas Bier bestellt. Etwas Stärkeres trank er nie. Es fiel ihm ein, wie überdreht sein Schwager gewesen war und daß der Wirt ihn gebeten hatte, leiser zu sprechen.

Er selbst war ruhig. Er konnte sich nicht erinnern, jemals so ruhig gewesen zu sein. Das war schon fast Gelöstheit. Man hätte meinen können, er sei befreit.

Halb drei ... Die Zeit, zu der Jeanne das Haus verließ, ihre Tasche und eine Mappe mit der Übersetzung unter dem Arm. Sie würde zur Metro gehen.

Er wartete noch etwa zehn Minuten, dann machte er sich auf den Weg in die Rue du Faubourg-Saint-Jacques.

Sie zuckte zusammen, als sie ihn im Türrahmen stehen sah. Vielleicht kam in ihrer Haltung auch Angst zum Ausdruck. Sie wich zurück, als er die Tür hinter sich schloß.

»Was versprechen Sie sich davon?« fragte sie, als sie im Wohnzimmer waren. Sie trug das gleiche rote Kleid wie am Morgen.

»Ich verspreche mir nichts.«

»Sie haben doch begriffen, daß es ein Spiel war, nicht wahr?«

Es gab hier keinen Spiegel, in dem er sich hätte sehen können – seine versteinerten Züge, das völlig ausdruckslose Gesicht. Er schien die Kontrolle über seine Bewegungen verloren zu haben. Man hätte ihn für einen Schlafwandler halten können.

»Aber warum sind Sie dann gekommen?«

Sie setzte zu einer Drehung an, durch die sie zur Tür gelangen konnte, ohne ihm näher zu kommen. Er stand stocksteif da, und die Arme waren leicht angehoben.

»Was haben Sie denn?«

Sie hätte beinahe geschrien. Sie würde es im nächsten Moment tun. Sie öffnete den Mund, aber da hatte er sie schon mit beiden Händen an der Kehle gepackt.

Er sah ihre Augen ganz dicht vor sich, sah den irren Blick darin.

Zuerst wurde ihr Körper steif, und sie versuchte ihn zu kratzen, damit er sie losließ.

Sie hätte genauso gut versuchen können, einen Roboter zum Loslassen zu bewegen.

Er hatte kein Mitleid. Die Person vor ihm, das war nicht Lina. Das waren sie alle. *Sie* ... Die Menschen.

Hatten sie etwa Mitleid mit ihm gehabt?

Er drückte ihren Hals weiter zu, und sie wurde schlaff. Die Beine trugen sie nicht mehr, und er mußte sie festhalten, damit sie nicht wegsackte.

Ihr Mund öffnete sich. Die rosa Zunge trat heraus. Die Lippen wurden nach und nach blasser.

In den weit aufgerissenen Augen schien immer noch die Frage zu stehen: ›Warum?‹

›Darum‹, hätte er darauf nur antworten können.

Er ließ sie zu Boden fallen wie eine Puppe. Seine Knie zitterten ein wenig. Er ließ den Blick durch das Zimmer wandern, das nicht zu seiner eigenen Wohnung gehörte. Wußte er überhaupt, wo er war?

Er fühlte sich hier nicht wohl. Er überquerte den Treppenabsatz und mußte vor seiner eigenen Wohnung den Schlüssel aus der Tasche ziehen, weil Jeanne nicht zu Hause war.

Er setzte sich in seinen Sessel. Er war müde. Er stellte sich keine Fragen. Er wußte es seit Jahren, daß das, was passiert war, naturgegeben und unvermeidlich gewesen war.

Der Hund versuchte, ihm auf den Schoß zu springen, und er bückte sich und setzte ihn auf seinen Knien ab.

Als Jeanne nach Hause kam, saßen beide immer noch so da.

Es war ihm recht, sie zu sehen. Er hatte fast zwei Stunden auf sie gewartet. Es tat gut, sie da zu haben und es ihr zu sagen:

»Ich hab sie umgebracht, weißt du ...«

*Épalinges, 17. März 1971*

## Stanley G. Eskin
### *Simenon*
*Eine Biographie*

Aus dem Amerikanischen
von Michael Mosblech

Stanley G. Eskins Biographie stützt sich auf Gespräche mit Simenon, mit Verwandten, Freunden, Verlegern des Autors sowie auf das riesige, erst bruchstückhaft erschlossene Material des Simenon-Archivs in Lüttich.

»Eskin erzählt so anschaulich, als habe er von dem Gegenstand seiner Studien die einfache, farbige, spannende Erzählweise gelernt.«
*Frankfurter Allgemeine Zeitung*

»Mit dem Index, den zahlreichen Anmerkungen, der vollständigen Bibliographie der Werke und der Verfilmungen wird dieser Band sicher die große umfassende Biographie des Schriftstellers werden. Eskin hält auch mit persönlichen Urteilen nicht zurück; sein Buch verdient daher Aufmerksamkeit und Hochachtung.«
*Die Welt, Bonn*

»Ich konnte nie glauben, daß Simenon wirklich existiert. Seine ungeheure Produktion, mein immer neues Staunen über die Vollkommenheit seiner Erzählungen, die psychologische Genauigkeit seiner unendlich vielen Figuren, die Eindrücklichkeit der Landschaftsbeschreibungen vermittelten mir stets das Bild eines hinreißenden Schriftstellers, das aber so ungreifbar und unbestimmt blieb wie etwa das Bild des Frühlings, des Meeres, das Bild von Weihnachten – Bilder, die man mit Vergnügen und unbewußtem Wohlbehagen in sich aufnimmt und erlebt, ohne daß sie imstande wären, die Begriffe in ihrer Dinghaftigkeit und Identität vollständig zu verkörpern.« *Federico Fellini*

»Mit Sicherheit das umfassendste Werk, das je über mich geschrieben wurde.« *Georges Simenon*

# *Georges Simenon im Diogenes Verlag*

## ● Romane

*Drei große Romane*
Der Mörder / Der große Bob / Drei Zimmer in Manhattan. Deutsch von Linde Birk und Lothar Baier. detebe 21596

*Brief an meinen Richter*
Roman. Deutsch von Hansjürgen Wille und Barbara Klau. detebe 20371

*Der Schnee war schmutzig*
Roman. Deutsch von Willi A. Koch
detebe 20372

*Die grünen Fensterläden*
Roman. Deutsch von Alfred Günther
detebe 20373

*Im Falle eines Unfalls*
Roman. Deutsch von Hansjürgen Wille und Barbara Klau. detebe 20374

*Sonntag*
Roman. Deutsch von Hansjürgen Wille und Barbara Klau. detebe 20375

*Bellas Tod*
Roman. Deutsch von Elisabeth Serelmann-Küchler. detebe 20376

*Der Mann mit dem kleinen Hund*
Roman. Deutsch von Stefanie Weiss
detebe 20377

*Drei Zimmer in Manhattan*
Roman. Deutsch von Linde Birk
detebe 20378

*Die Großmutter*
Roman. Deutsch von Linde Birk
detebe 20379

*Der kleine Mann von Archangelsk*
Roman. Deutsch von Alfred Kuoni
detebe 20584

*Der große Bob*
Roman. Deutsch von Linde Birk
detebe 20585

*Die Wahrheit über Bébé Donge*
Roman. Deutsch von Renate Nickel
detebe 20586

*Tropenkoller*
Roman. Deutsch von Annerose Melter
detebe 20673

*Ankunft Allerheiligen*
Roman. Deutsch von Eugen Helmlé
detebe 20674

*Der Präsident*
Roman. Deutsch von Renate Nickel
detebe 20675

*Der kleine Heilige*
Roman. Deutsch von Trude Fein
detebe 20676

*Der Outlaw*
Roman. Deutsch von Liselotte Julius
detebe 20677

*Die Glocken von Bicêtre*
Roman. Neu übersetzt von Angela von Hagen. detebe 20678

*Der Verdächtige*
Roman. Deutsch von Eugen Helmlé
detebe 20679

*Die Verlobung des Monsieur Hire*
Roman. Deutsch von Linde Birk
detebe 20681

*Der Mörder*
Roman. Deutsch von Lothar Baier
detebe 20682

*Die Zeugen*
Roman. Deutsch von Anneliese Botond
detebe 20683

*Die Komplizen*
Roman. Deutsch von Stefanie Weiss
detebe 20684

*Die Unbekannten im eigenen Haus*
Roman. Deutsch von Gerda Scheffel
detebe 20685

*Der Ausbrecher*
Roman. Deutsch von Erika Tophoven-Schöningh. detebe 20686

*Wellenschlag*
Roman. Deutsch von Eugen Helmlé
detebe 20687

*Der Mann aus London*
Roman. Deutsch von Stefanie Weiss
detebe 20813

*Die Überlebenden der Télémaque*
Roman. Deutsch von Hainer Kober
detebe 20814

*Der Mann, der den Zügen nachsah*
Roman. Deutsch von Walter Schürenberg
detebe 20815

*Zum Weißen Roß*
Roman. Deutsch von Trude Fein
detebe 20986

*Der Tod des Auguste Mature*
Roman. Deutsch von Anneliese Botond
detebe 20987

*Die Fantome des Hutmachers*
Roman. Deutsch von Eugen Helmlé
detebe 21001

*Die Witwe Couderc*
Roman. Deutsch von Hanns Grössel
detebe 21002

*Schlußlichter*
Roman. Deutsch von Stefanie Weiss
detebe 21010

*Die schwarze Kugel*
Roman. Deutsch von Renate Nickel
detebe 21011

*Die Brüder Rico*
Roman. Deutsch von Angela von Hagen
detebe 21020

*Antoine und Julie*
Roman. Deutsch von Eugen Helmlé
detebe 21047

*Betty*
Roman. Deutsch von Raymond Regh
detebe 21057

*Die Tür*
Roman. Deutsch von Linde Birk
detebe 21114

*Der Neger*
Roman. Deutsch von Linde Birk
detebe 21118

*Das blaue Zimmer*
Roman. Deutsch von Angela von Hagen
detebe 21121

*Es gibt noch Haselnußsträucher*
Roman. Deutsch von Angela von Hagen
detebe 21192

*Der Bürgermeister von Furnes*
Roman. Deutsch von Hanns Grössel
detebe 21209

*Der Untermieter*
Roman. Deutsch von Ralph Eue
detebe 21255

*Das Testament Donadieu*
Roman. Deutsch von Eugen Helmlé
detebe 21256

*Die Leute gegenüber*
Roman. Deutsch von Hans-Joachim Hartstein. detebe 21273

*Weder ein noch aus*
Roman. Deutsch von Elfriede Riegler
detebe 21304

*Auf großer Fahrt*
Roman. Deutsch von Angela von Hagen
detebe 21327

*Der Bericht des Polizisten*
Roman. Deutsch von Markus Jakob
detebe 21328

*Die Zeit mit Anaïs*
Roman. Deutsch von Ursula Vogel
detebe 21329

*Der Passagier der Polarlys*
Roman. Deutsch von Stefanie Weiss
detebe 21377

*Die Katze*
Roman. Deutsch von Angela von Hagen
detebe 21378

*Die Schwarze von Panama*
Roman. Deutsch von Ursula Vogel
detebe 21424

*Das Gasthaus im Elsaß*
Roman. Deutsch von Angela von Hagen
detebe 21425

*Das Haus am Kanal*
Roman. Deutsch von Ursula Vogel
detebe 21426

*Der Zug*
Roman. Deutsch von Trude Fein. detebe 21480

*Striptease*
Roman. Deutsch von Angela von Hagen
detebe 21481

*45° im Schatten*
Roman. Deutsch von Angela von Hagen
detebe 21482

*Die Eisentreppe*
Roman. Deutsch von Angela von Hagen
detebe 21557

*Das Fenster der Rouets*
Roman. Deutsch von Stefanie Weiss
detebe 21558

*Die bösen Schwestern von Concarneau*
Roman. Deutsch von Ingrid Altrichter
detebe 21559

*Der Sohn Cardinaud*
Roman. Deutsch von Linde Birk
detebe 21598

*Der Zug aus Venedig*
Roman. Deutsch von Liselotte Julius
detebe 21617

*Weißer Mann mit Brille*
Roman. Deutsch von Ursula Vogel
detebe 21635

*Der Bananentourist*
Roman. Deutsch von Barbara Heller
detebe 21679

*Monsieur La Souris*
Roman. Deutsch von Renate Heimbucher-Bengs. detebe 21681

*Der Teddybär*
Roman. Deutsch von Ingrid Altrichter
detebe 21682

*Die Marie vom Hafen*
Roman. Deutsch von Ursula Vogel
detebe 21683

*Der reiche Mann*
Roman. Deutsch von Stefanie Weiss
detebe 21753

*»... die da dürstet«*
Roman. Deutsch von Irène Kuhn
detebe 21773

*Vor Gericht*
Roman. Deutsch von Linde Birk. detebe 21786

*Der Umzug*
Roman. Deutsch von Barbara Heller
detebe 21797

*Der fremde Vetter*
Roman. Deutsch von Stefanie Weiss
detebe 21798

*Das Begräbnis des Monsieur Bouvet*
Roman. Deutsch von H.J. Solbrig
detebe 21799

*Die schielende Marie*
Roman. Deutsch von Eugen Helmlé
detebe 21800

*Die Pitards*
Roman. Deutsch von Ingrid Altrichter
detebe 21857

*Das Gefängnis*
Roman. Deutsch von Michael Mosblech

*Malétras zieht Bilanz*
Roman. Deutsch von Irmgard Perfahl
detebe 21893

*Das Haus am Quai Notre-Dame*
Roman. Deutsch von Eugen Helmlé
detebe 21894

*Der Neue*
Roman. Deutsch von Ingrid Altrichter
detebe 21895

*Die Erbschleicher*
Roman. Deutsch von Renate Heimbucher-Bengs. detebe 21938

*Die Selbstmörder*
Roman. Deutsch von Linde Birk. detebe 21939

*Tante Jeanne*
Roman. Deutsch von Inge Giese. detebe 21940

*Der Rückfall*
Roman. Deutsch von Ursula Vogel
detebe 21941

*Am Maultierpaß*
Roman. Deutsch von Michael Mosblech
detebe 21942

*Der Glaskäfig*
Roman. Deutsch von Stefanie Weiss
detebe 22403

*Das Schicksal der Malous*
Roman. Deutsch von Günter Seib
detebe 22404

*Der Uhrmacher von Everton*
Roman. Deutsch von Ursula Vogel
detebe 22405

*Das zweite Leben*
Roman. Deutsch von Ingrid Altrichter
detebe 22406

*Der Erpresser*
Roman. Deutsch von Linde Birk
detebe 22407

*Die Flucht des Monsieur Monde*
Roman. Deutsch von Barbara Heller
detebe 22408

## ● Maigret-Romane und -Erzählungen

*Weihnachten mit Maigret*
Zwei Romane und eine Erzählung. Leinen

*Der Goldene Gelbe 88*
Einmalige Sonderausgabe. Enthält folgende Romane: Maigret amüsiert sich / Mein Freund Maigret / Maigret und die junge Tote. Deutsch von Renate Nickel, Annerose Melter und Raymond Regh. detebe 21597

*Maigrets erste Untersuchung*
Roman. Deutsch von Roswitha Plancherel
detebe 20501

*Maigret und Pietr der Lette*
Roman. Deutsch von Wolfram Schäfer
detebe 20502

*Maigret und die alte Dame*
Roman. Deutsch von Renate Nickel
detebe 20503

*Maigret und der Mann auf der Bank*
Roman. Deutsch von Annerose Melter
detebe 20504

*Maigret und der Minister*
Roman. Deutsch von Annerose Melter
detebe 20505

*Mein Freund Maigret*
Roman. Deutsch von Annerose Melter
detebe 20506

*Maigrets Memoiren*
Roman. Deutsch von Roswitha Plancherel
detebe 20507

*Maigret und die junge Tote*
Roman. Deutsch von Raymond Regh
detebe 20508

*Maigret amüsiert sich*
Roman. Deutsch von Renate Nickel
detebe 20509

*Hier irrt Maigret*
Roman. Deutsch von Elfriede Riegler
detebe 20690

*Maigret und der gelbe Hund*
Roman. Deutsch von Raymond Regh
detebe 20691

*Maigret vor dem Schwurgericht*
Roman. Deutsch von Wolfram Schäfer
detebe 20692

*Maigret als möblierter Herr*
Roman. Deutsch von Wolfram Schäfer
detebe 20693

*Madame Maigrets Freundin*
Roman. Deutsch von Roswitha Plancherel
detebe 20713

*Maigret kämpft um den Kopf eines Mannes*
Roman. Deutsch von Roswitha Plancherel
detebe 20714

*Maigret und die kopflose Leiche*
Roman. Deutsch von Wolfram Schäfer
detebe 20715

*Maigret und die widerspenstigen Zeugen*
Roman. Deutsch von Wolfram Schäfer
detebe 20716

*Maigret am Treffen der Neufundlandfahrer*
Roman. Deutsch von Annerose Melter
detebe 20717

*Maigret bei den Flamen*
Roman. Deutsch von Claus Sprick
detebe 20718

*Maigret und das Schattenspiel*
Roman. Deutsch von Claus Sprick
detebe 20734

*Maigret zögert*
Roman. Deutsch von Annerose Melter
detebe 20757

*Maigret und die Bohnenstange*
Roman. Deutsch von Guy Montag
detebe 20808

*Maigret und das Verbrechen in Holland*
Roman. Deutsch von Renate Nickel
detebe 20809

*Maigret und sein Toter*
Roman. Deutsch von Elfriede Riegler
detebe 20810

*Maigret beim Coroner*
Roman. Deutsch von Wolfram Schäfer
detebe 20811

*Maigret, Lognon und die Gangster*
Roman. Deutsch von Wolfram Schäfer
detebe 20812

*Maigret und der Gehängte von Saint-Pholien*
Roman. Deutsch von Sibylle Powell
detebe 20816

*Maigret und der verstorbene Monsieur Gallet*
Roman. Deutsch von Roswitha Plancherel
detebe 20817

*Maigret regt sich auf*
Roman. Deutsch von Wolfram Schäfer
detebe 20820

*Maigret und der Treidler der ›Providence‹*
Roman. Deutsch von Claus Sprick
detebe 21029

*Maigrets Nacht an der Kreuzung*
Roman. Deutsch von Annerose Melter
detebe 21050

*Maigret hat Angst*
Roman. Deutsch von Elfriede Riegler
detebe 21062

*Maigret gerät in Wut*
Roman. Deutsch von Wolfram Schäfer
detebe 21113

*Maigret verteidigt sich*
Roman. Deutsch von Wolfram Schäfer
detebe 21117

*Maigret erlebt eine Niederlage*
Roman. Deutsch von Elfriede Riegler
detebe 21120

*Maigret und der geheimnisvolle Kapitän*
Roman. Deutsch von Annerose Melter
detebe 21180

*Maigret und die alten Leute*
Roman. Deutsch von Annerose Melter
detebe 21200

*Maigret und das Dienstmädchen*
Roman. Deutsch von Hainer Kober
detebe 21220

*Maigret im Haus des Richters*
Roman. Deutsch von Liselotte Julius
detebe 21238

*Maigret und der Fall Nahour*
Roman. Deutsch von Sibylle Powell
detebe 21250

*Maigret und der Samstagsklient*
Roman. Deutsch von Angelika Hildebrandt-Essig. detebe 21295

*Maigret in New York*
Roman. Deutsch von Bernhard Jolles
detebe 21308

*Maigret und die Affäre Saint-Fiacre*
Roman. Deutsch von Werner De Haas
detebe 21373

*Maigret stellt eine Falle*
Roman. Deutsch von Angela von Hagen
detebe 21374

*Sechs neue Fälle für Maigret*
Erzählungen. Deutsch von Elfriede Riegler
detebe 21375

*Maigret in der Liberty Bar*
Roman. Deutsch von Angela von Hagen
detebe 21376

*Maigret und der Spion*
Roman. Deutsch von Hainer Kober
detebe 21427

*Maigret stellt eine Falle*
Roman. Deutsch von Angela von Hagen
detebe 21374

*Sechs neue Fälle für Maigret*
Erzählungen. Deutsch von Elfriede Riegler
detebe 21375

*Maigret in der Liberty Bar*
Roman. Deutsch von Angela von Hagen
detebe 21376

*Maigret und der Spion*
Roman. Deutsch von Hainer Kober
detebe 21427

*Maigret und die kleine Landkneipe*
Roman. Deutsch von Bernhard Jolles und Heide Bideau. detebe 21428

*Maigret und der Verrückte von Bergerac*
Roman. Deutsch von Hainer Kober
detebe 21429

*Maigret, die Tänzerin und die Gräfin*
Roman. Deutsch von Hainer Kober
detebe 21484

*Maigret macht Ferien*
Roman. Deutsch von Markus Jakob
detebe 21485

*Maigret und der hartnäckigste Gast der Welt*
Sechs Fälle für Maigret. Deutsch von Linde Birk und Ingrid Altrichter. detebe 21486

*Maigret verliert eine Verehrerin*
Roman. Deutsch von Ingrid Altrichter
detebe 21521

*Maigret in Nöten*
Roman. Deutsch von Markus Jakob
detebe 21522

*Maigret und sein Rivale*
Roman. Deutsch von Ingrid Altrichter
detebe 21523

*Maigret und die schrecklichen Kinder*
Roman. Deutsch von Paul Celan
detebe 21574

*Maigret und sein Jugendfreund*
Roman. Deutsch von Markus Jakob
detebe 21575

*Maigret und sein Revolver*
Roman. Deutsch von Ingrid Altrichter
detebe 21576

*Maigret auf Reisen*
Roman. Deutsch von Ingrid Altrichter
detebe 21593

*Maigret und die braven Leute*
Roman. Deutsch von Ingrid Altrichter
detebe 21615

*Maigret und der faule Dieb*
Roman. Deutsch von Stefanie Weiss
detebe 21629

*Maigret und die verrückte Witwe*
Roman. Deutsch von Michael Mosblech
detebe 21680

*Maigret und sein Neffe*
Roman. Deutsch von Ingrid Altrichter
detebe 21684

*Maigret und Stan der Killer*
Vier Fälle für Maigret. Deutsch von Inge Giese und Eva Schönfeld. detebe 21741

*Maigret und das Gespenst*
Roman. Deutsch von Barbara Heller
detebe 21760

*Maigret in Kur*
Roman. Deutsch von Irène Kuhn
detebe 21770

*Madame Maigrets Liebhaber*
Vier Fälle für Maigret. Deutsch von Ingrid Altrichter, Inge Giese und Josef Winiger
detebe 21791

*Maigret und der Clochard*
Roman. Deutsch von Josef Winiger
detebe 21801

*Maigret und Monsieur Charles*
Roman. Deutsch von Renate Heimbucher-Bengs. detebe 21802

*Maigret und der Spitzel*
Roman. Deutsch von Inge Giese. detebe 21803

*Maigret und der einsamste Mann der Welt*
Roman. Deutsch von Ursula Vogel
detebe 21804

*Maigret und der Messerstecher*
Roman. Deutsch von Josef Winiger
detebe 21805

*Maigret hat Skrupel*
Roman. Deutsch von Ingrid Altrichter
detebe 21806

*Maigret in Künstlerkreisen*
Roman. Deutsch von Ursula Vogel
detebe 21871

*Maigret und der Weinhändler*
Roman. Deutsch von Hainer Kober
detebe 21872

## ● Erzählungen

*Der kleine Doktor*
Erzählungen. Deutsch von Hansjürgen Wille und Barbara Klau. detebe 21025

*Emil und sein Schiff*
Erzählungen. Deutsch von Angela von Hagen. detebe 21318

*Die schwanzlosen Schweinchen*
Erzählungen. Deutsch von Linde Birk
detebe 21284

*Exotische Novellen*
Deutsch von Annerose Melter. detebe 21285

*Meistererzählungen*
Deutsch von Wolfram Schäfer u.a.
detebe 21620

*Die beiden Alten in Cherbourg*
Erzählungen. Deutsch von Inge Giese und Reinhard Tiffert. detebe 21943

## ● Reportagen

*Die Pfeife Kleopatras*
Reportagen aus aller Welt. Deutsch von Guy Montag. detebe 21223

*Zahltag in einer Bank*
Reportagen aus Frankreich. Deutsch von Guy Montag. detebe 21224

## ● Biographisches

*Intime Memoiren und Das Buch von Marie-Jo*
Aus dem Französischen von Hans-Joachim Hartstein, Claus Sprick, Guy Montag und Linde Birk. detebe 21216

*Stammbaum*
Pedigree. Autobiographischer Roman
Deutsch von Hans-Joachim Hartstein
detebe 21217

*Simenon auf der Couch*
Fünf Ärzte verhören den Autor sieben Stunden lang. Deutsch von Irène Kuhn
Mit einer Bibliographie und Filmographie und 43 Abbildungen. detebe 21658

Außerdem liegen vor:

Stanley G. Eskin
*Simenon*
Eine Biographie. Mit zahlreichen bisher unveröffentlichten Fotos, Lebenschronik, Bibliographie, ausführlicher Filmographie, Anmerkungen, Namen- und Werkregister. Aus dem Amerikanischen von Michael Mosblech
Leinen

*Über Simenon*
Zeugnisse und Essays von Patricia Highsmith bis Alfred Andersch. Mit einem Interview, mit Chronik und Bibliographie. Herausgegeben von Claudia Schmölders und Christian Strich. detebe 20499

*Das Simenon Lesebuch*
Erzählungen, Reportagen, Erinnerungen
Herausgegeben von Daniel Keel
detebe 20500